사육사

임후

고려대학교에서 영문학과 러시아문학을, 코넬대학교 대학원에서 경영학을 공부했다.
2021년 『계간 파란』을 통해 작품 활동을 시작했다.
시집 『사육사』를 썼다.

파란시선 0094 사육사

1판 1쇄 펴낸날 2022년 1월 10일
지은이 임후
디자인 최선영
인쇄인 (주)두경 정지오
펴낸이 채상우
펴낸곳 (주)함께하는출판그룹파란
등록번호 제2015-000068호
등록일자 2015년 9월 15일
주소 (10387) 경기도 고양시 일산서구 중앙로 1455 대우시티프라자 B1 202-1호
전화 031-919-4288
팩스 031-919-4287
모바일팩스 0504-441-3439
이메일 bookparan2015@hanmail.net

ⓒ임후, 2022, printed in Seoul, Korea

ISBN 979-11-91897-13-5 03810

값 10,000원

사육사

임후 시집

시인의 말

너는 아주 세상에 없는 사람이야

얼굴을 부비며 너는 말한다

차례

시인의 말

해설

제1부

허끝으로

●각 부의 제목들은 에릭 사티의 메모에서 인용했다.

공원 산책

똑같이 생긴 사람을 보면 머지않아 죽는다는 말을 들었다

그가 나를 알아보고 먼저 손을 흔들며 다가왔다 무척 자연스럽군

무언가를 기다리듯 그가 내 앞에 서 있다 물끄러미 나를 바라보고 있다

안경을 추켜올리는 손을 바라보고 있다

그가 오래 살기를 바란다

옷을 사러 가서

미안함과 싸우고 왔다 옷을 입어 봐도 되냐고 물을 때의 미안함 다른 사이즈는 없냐고 물을 때의 미안함 답을알면서도 이 색깔이 맞냐고 물을 때의 미안함 잘나가는 제품이냐고 세일은 하지 않느냐고 물을 때의 미안함 실컷 물어 놓고 살까 말까 고민할 때의 미안함 그래 놓고 결국 사지 않을 때의 미안함 다시 사기로 결정하고 카드를 긁으면서 이 노고를 선사한 데에 대한 미안함 노고를 선사하고도 한 벌만 살 때의 미안함 멋쩍게 다른 옷을 둘러보며가게 문을 나설 때의 미안함 등 뒤에 꽂히지도 않는데 등뒤에 꽂히는 시선을 의식하며 미안함 옷을 사러 가서 미안함을 사고 왔다 돈을 내고 미안함을 사고 왔다 돈이 줄어들었는데 미안함이 늘었다 미안함을 들고 있다 주머니에지갑에 겨드랑이에 구두 속에 미안함이 늘고 있다 어리둥절한 표정으로 길가에 서 있다 길가에 널려 있다 길가를서성이다 다른 가게의 문을 연다 미안함을 사러 미안함을팔러 미안함을 빌리러 미안함을 과시하러 미안함을 은폐하러 미안함에 중독된 듯이 미안함을 숨길 수 없는 표정으로 문을 연다 미안함을 문고리에 묻히며

오른발

오른발이 길어진 것 같았다 지하철을 갈아타기 위해 걷고 횡단보도를 건너기 위해 걸었다 오른발이 길어진 것 같았다 간밤에 잘못된 자세로 잠을 잤을 수도 있다 알 수 없는 이유로 근육이 늘어났을 수도 있다 휘청이며 걷는 것 같았다 사람들이 흘끔거리는 것 같았다 오른발이 길어진 것 같았다 단지 기분 탓일 수도 있었고 진짜 문제가 있는 것인지도 몰랐다 주말에는 격정적인 관계를 가졌고 왼쪽 무릎이 까졌다 걸을 때마다 바지에 쓸려 무척 쓰라리다 오른발이 길어진 것과는 큰 상관은 없을 것이다 아니면 오래된 구두를 신고 나왔기 때문일 수도 있다 구두를 이 년에 한 번은 가는 편인데 이 구두는 놀랍게도 사 년이 넘도록 신고 있다 중간에 한 번 굽갈이를 했고 발에 편하기 때문이다 구두가 걸음걸이에 영향을 미칠 수도 있을 것이다 그러나 오른발이 길어진 결정적인 원인이라고 보기는 어려울 것이다 가로수 아래를 걸으며 오른발에 대해 생각했다 걸으면서 생각하는 것에 대해 생각했다 오른발에 대한 생각에 대해 생각했다 사람들이 흘끔거리는 것 같았다 이러다가 길에서 넘어질지도 모르겠군 그렇다면 대단한 망신일 거야 나는 속으로 생각했다 생각이 걷고 있는 것 같았다 생각이 길어진 것 같았다 오른발이 길어진 것이 분명

해 오른발이 길어졌어 나는 생각했다 이런저런 생각을 덧
붙이며 걷고 있었다 생각이 생각을 앞지르며 걷고 있었다

폭설

폭설이 오고 있다
폭설에 대해 쓰려고 했더니
돈을 내라고 했다 폭설이
돈이 모자란다고 했더니 폭설이
폭우는 좀 더 저렴하다고 했다
나는 반드시 폭설이 필요하다고
폭설에 대해 쓴 시를
보여 달라고 했다
그건 공짜라고 했다
폭설에 대해 쓴 시는
별로였다 폭설에게
별로라고 말했다
그를 당장 끌고 오도록
시인 대신 폭설이 왔다
폭설이 얻어맞고 있었다 폭설에게
나는 폭설에게
더 때려 더 때려!
그래야 내가
폭설이 정신을 잃은 틈을 타
폭설을 훔칠 수 있거든

나는 폭설과 함께 폭설에게 빨리 오라고
손목을 꺾으며 손짓한다
폭설이 온다
얻어맞는 폭설과
때리는 폭설과
내가 훔치려는 폭설이
무더기로 온다 폭설이
폭설을 때리다가
나를 때린다
나를 포위하고
돈을 내놓으라고 때린다
겨울에는 추워서
특히 돈이 많이 든다고 때린다
나는 바닥에 쓰러지고
여기는 동방예의지국이라고
비명을 지르다가
아까 흘린 눈물이
얼어붙을 때까지 눈물 흘리다가
기력을 전부 소진하고 간신히
손가락에 남은 모든 기운을 쏟아

바닥에 흔적을 남기는 데 성공한다
범인은 폭ㅅ……

폭설이 폭설의 흔적을 지운다

이제 폭설이
시인의 행방을 쫓을 차례다

개버거

패티 개두꺼운 버거 먹고 싶다는 말을
개로 만든 패티 두꺼운 버거 먹고 싶다는 말로
들었다

한 개 애호가는
중요한 날 개를 먹는다는 운동선수에게
개 대신 부모 고기를 먹으라고 권했다
몸에 좋다고

개 애호가는
개를 열 마리 키웠는데
개에게 따끈따끈한 소고기를 즐겨 먹인다는
일을 자랑삼았다

정말로 사랑스러운 개였다

운동선수의 부모가
개를 좋아하면서 개고기도 좋아하는지
개고기를 좋아하면서 개는 싫어하는지

알 수 없지만
두꺼운 개 같은 버거를 먹으면서
개를 닮은 부모 같은 버거를 먹으면서

건강해지는 기분이 들었다
중요한 날이 올 것 같은 기분이 들었다

이곳에는 개는 없고
개고기도 없는데
두꺼운 혓바닥을 축 내밀고

빛 속으로 달려가는 개들을 상상했다

정말이지 사랑스러운 개들이었다
정말이지 부모를 잃은 개들이었다

치킨

치킨을 시켜 놓고
너를 불렀다

치킨이 오려면
한참 남아서

치킨을 기다리며 옷을 벗었다

벗을 것을 벗고
할 것을 하려는데

먹을 것이 왔다
몸을 식히며 옷을 다시 입었다
치킨이 식으면 안 되므로

침을 삼키며 포장을 뜯었다

치킨이 너무 매워서
치킨을 두 번 튀겨서
치킨이 냉동이어서

맛없는 치킨에 욕을 하고
삿대질을 하고
진정한 매운맛을 보여 주자고
복수할 계획을 짜고

우리는 다시 옷을 벗었다 벗을 것을
벗고 치킨 같은 자세를 잡으려는데

네 갈비뼈에 목에 쇄골에
붉은 흉터가 보였다

검지손가락을 들어
도대체 이게 뭐냐고 물었다

너는 천천히 고개를 들어
내 손가락을 입에 넣고 마디마디 씹어 먹었다

코

회사 동료와 술을 마셨다. 그의 코가 유난히 높아 보였다. 코가 되게 높으신데 혹시…… 아, 제 코요? 저 군대에서 코를 다쳤거든요. 뼈가 나갔어요. 그는 코를 어루만졌다. 국군수도병원에 가서 뼈를 다시 잡고 콧대를 세웠죠. 덕분에, 이 코 때문에…… 사실은 국가유공자 대접을 받고 있어요. 국가유공자요? 네, 얼마 전에 계약했다고 말씀드렸던 신축 아파트 전세 있죠. 그거…… 계약 기간이 사실 삼십 년이에요. 국가유공자 혜택이죠. 사실 세금도 한 푼도 안 떼고요, 월급 세전으로 꼬박꼬박 들어옵니다. 주민세, 갑근세뿐 아니라 4대 보험, 자동차세, 취득세 면제고요…… 국가유공자 혜택이죠. 나는 코를 올려다보고 있었다. 빛나는 코를 보고 있었다. 코가 큰일을 했네요. 네, 정말 큰일을 했죠. 그는 얼굴을 비스듬히 돌리고 코를 위아래로 쓰다듬었다. 가끔은 나의 코에 경의를 표하기도 합니다. 그는 소주잔을 천천히 들어 올려 코에 들이부었다. 그리고 코 아래로, 목구멍 밑으로 흘러내리는 소주 방울을 조용히 음미하는 듯했다. 코밑에 난 솜털에 달라붙은 것들이 반짝이고 있었다. 그의 눈동자가, 그의 얼굴이 반짝이고 있었다. 나는 경이롭다는 표정으로, 이 영예로운 광경을…… 콧구멍을 벌름거리며 바라보았다.

불면의

　오늘 총기 사고로 예비군이 죽었다 황×× 92년생 흉부 총상 탄 박혀 있음 안×× 95년생 목 관통상 의식 없음 박×× 94년생 좌측 볼 우측 안와 탄 박혀 있음 의식 없음

　낮에 옆 팀 팀장이 죽었다 회식 때마다 딸 사진을 보여주던 38세의 팀장이 죽었다 내가 사내 독서 모임을 만든다고 했을 때 처음으로 참여 의사를 밝혔던 팀장이 죽었다 사인 자살 순박하고 사람 좋은 그는 지난 모임에서도 웃고 있던 팀장 그가 자살로 죽었다

　오늘도 아버지는 잠만 잤다 심혈관을 수술한 아버지 온종일 잠만 자는 아버지의 수술은 심장을 정지시킨 채 일곱 시간 동안 이루어졌다 수술할 공간이 좁아 폐를 구석에 찌그러뜨려 제대로 숨을 쉬지 못할 거라는 아버지는 온종일 꿈만 꾸는 아버지는 의식 없음 두툼해진 손을 원래부터 거칠었던 오른손을 가슴에 얹고 의식 없음 꿈을 보존하기라도 하려는 것처럼 꿈은 꿈은 어디로부터 오는가

　불면의 밤
　주차장을 좋아하는 남자가 있다

지하 3층 주차장이다
만차다
잠이 안 온다고 중얼거리는 남자는
조용히 차에 시동을 켠다
라이트를 끈다
피아졸라의 오블리비언을 들으며
조수석의 술병에 파란 불이 투과되는 것을 본다
보조등을 켜고 책을 읽던 남자는
문득 집중이 되지 않아 슬퍼진다
그럴 때면 와이퍼를 작동시키는 것이다
오래된 외벽의 페인트가 후드득 떨어지고
맞은편 차 안에서 밀회를 즐기던 남녀와 눈이 마주치고
차 밖은 조용하고
차 안은 술 냄새로 가득하고
헤드라이트를 켠 차가 계속해서 들어오고
나가고 들어오고
들어오고 나가고
불이 꺼지고

아버지의 꿈

독서 모임의 회원들이 장기를 훼손하는 꿈
군모를 푹 눌러쓴 예비군이 정확히 겨누고 있는 꿈
총성이 들리지 않는데 사람들이 튕겨져 나가는 꿈
그것은 내가 아닌 아버지가 꾸는 꿈

검은 차 한 대가 들어오는 꿈
텅 빈
주차장 3층으로 들어오는 꿈

차갑고 달콤한

—
젤리라도 씹고 있는 걸까
입술을 오물거린다

손가락이 꾸물거린다
사무실에서 급한 메일이라도
작성하고 있는 걸까

아니면 또 다른 침대에서
내 몸을 더듬고 있는
것일지도

네가 꿈에서 깨면 꼭 물어봐야지,
이런 생각을 하고
이불을 조금 끌어내린다

우리의 머리맡에는 차가운
유리가 있고
유리 너머에는 빌딩 숲이 있다

—
저 멀리 자동차들이 지나가는

26

소리가 있고
운행을 정지한 철로와
불 꺼진 신호등이 있고

왜 깊은 밤에는
구름도 보이지 않을까
구름과 하늘의 색깔은
왜 밤에만 같아질까

보이지도 않는 구름의
꾸물거리는 소리를 들으며 너의
꿈속으로 들어가고 싶었다

차갑고 달콤한
곳에서 비로소 사라지는 사람을
날이 새도록 보고 싶었다

소한

창밖에 흔들리는 나뭇잎을 보고 있었다 바람에 흩날리는 나뭇잎을 보고 있었다

바람은 보이지 않지만 느낄 수 있다고 보이지 않는 하나님을 느낄 수 있는 것과 마찬가지라고 네가 말했다

하나님을 볼 수도 없고 느낄 수도 없는 사람은 어떻게 해야 하는 걸까, 내가 물었고

그런 사람을 위해 하나님이 있다고 했다 바로 그런 사람이 믿음을 가져야 한다고 했다 좋은 자질을 가졌다고 했다

나는 좋은 자질을 가졌구나 좋은 자질은 유익한 것이겠구나 유익한 사람이 될 수 있겠구나 나는 중얼거리며 테이블 위로 손을 뻗었고

하얗게 빛나는 손등을 쓰다듬었지만 아무것도 느낄 수 없었다 너는 말없이 창밖을 바라보고 있다 파르르 떨리는 나뭇잎을 바라보고 있다

너는 정말 좋은 사람이야

고개도 돌리지 않고 네가 말했다

전송

そ

그림 하나를 보내 주었는데
씁쓸하다는 답장이 왔다

쓸쓸하냐고 되물으니
쓸쓸하다고 대답했다

왠지 모르게 쓸쓸한 이유를
왠지 모르는 사람이 둘로 늘어났고

바깥은 쌀쌀하고
서늘한 바람에
현수막이 펄럭인다
뭉개지는 텍스트

그림 속에 뭐가 보였을까?
나는 그림을 다시 보고
너는 그림을 다시 보고

바람은 멈추고
바람이 늘어나고 있고

창밖에서 모르는 사람이 손을 흔들며 지나갔다

제2부

치통을 앓는 나이팅게일처럼

건망증

죽음을 이를테면 안식, 평온 같은 단어와 연결 짓는 것을 그는 인간 서정의 잘못된 작용이라고, 죽음은 단지 생의 모든 감각으로부터 까마득한 반대편으로 강제 추방되는 것일 뿐이라고, 그는 그런 비슷한 구절을 어디에선가 읽은 것 같다고 말하곤 했다.

그러나 그는 그런 구절을 어디에서도 읽은 적이 없었다. 그는 혼동하곤 했다. 자신이 서 있는지, 앉아 있는지, 걷고 있는지 종종 잊어버린다고도 했다.

초행

—강성은의 시「초연」에 부쳐

—

한 번도 안 가 본 카페를 가 봤어
허름한 골목 끝에 세련된 가게가 있었어
겉보기와 달리 안은 넓었고
지하로 내려가니 더 넓었어
지하는 극장처럼 계단식으로 되어 있었어 화면은 없는데
사람들의 말소리가 울리고 벽을 타고
너무도 크게 울려서 귀가 아프고
바로 옆 테이블 말소리도 들리지 않고
나는 목소리가 잘 안 들리는 목소리를 가지고 있어서
목소리는 멀리 뻗어 가지 못하겠지만
이별을 말하기에 참 좋은 카페라고 생각했어
이별이라는 건 모르는 사람들에게는
때로 부끄러운 일이니까
너는 맞은편에 앉아 뭐라고 말하고 있고
잘 들리지는 않았지만 중요한 말은 아닌 것 같고
어제 본 드라마 아니면 저녁 메뉴에 대한
들리지 않는 이야기를 들으려고
나는 몸을 앞으로 기울이고 있었어 그리고
말했어 언젠간 말할 생각이었으니까
— 말해야 했어

36

우리 그만 만날까?
이 말은 너를 향해 뻗어 나가고
목소리가 잘 들리지 않는다면
감정도 덜 전달될 수 있는 걸까 문득 궁금해지고
너는 대답 대신 손바닥을 귀에 갖다 댔어
그 동작이 너무도 우아하고 세련돼서 감탄하지 않을 수
없었어
이다음 내가 해야 할 말은 반복일까 변주일까
저녁 메뉴 얘기일까 알 수 없었고
너는 아직도 손바닥을 귀에 대고 있고
몸을 붙인 네게서는
난생처음 맡아 보는 향기가 나고
옆 테이블 여자들은 대화를 멈추고 나를 바라보기 시작
하고
그 눈빛은 이상할 정도로 따스하고
이별하기 좋은 카페는 어쩌면 사랑을 시작하기 좋은
카페도 될 수 있는 걸까 알 수 없었고
이곳에 처음 왔는데 정말 처음 온 것 같았어
우리는 처음 본 게 아닌데 오늘 처음 본 것 같았어

오후

말씀 주신 내용 잘 들었습니다 맥락도 충분히 납득이
되었고요, 그러나 이렇게 논리적으로 전개되는 맥락을 친
절히 설명받지 못하는 소비자가 이를테면 오픈된 환경에
서 이러한 콘텐츠를 접했을 때 과연 즉각적으로 공감할 수
있을지, 이 부분이 염려됩니다 말하자면 한정된 자원으로
파괴력 있는 커뮤니케이션을 하고자 했을 때 콘텐츠 자체
에 브랜드의 속성, 그것과의 연결성이 절묘하게 맞아떨어
지는 지점이 담겨 있지 않고서는 원하는 목적을 달성하
기 어렵다고 보는데요, 이 부분 어떻게 생각하시는지요?

그야말로 질문을 위한 질문이로군
누군가가 펜을 끄적거리며 생각했다
저 녀석은 가만 보면 말을 참 잘해 귀여워 섹시해
홍보팀 과장은 다리를 바꿔 꼬며 생각했다
멋진 질문을 하나 했으니 오늘 회의에서는 이만 조용히
하고 있어도 되겠어
딱히 대답이 궁금해서 질문한 것은 아니었거든
질문자는 어색하게 꿈틀거리는 발표자의 입꼬리를 관찰
하며 생각했다
침착해야 해 이번 계약을 따내기 위해

어쩌면 가장 중요한 순간인지도 모른다 침착해야 해
발표자가 흙빛이 된 볼을 가볍게 쓰다듬으며 생각했다

발표자가 다시 마이크를 들고 무언가 말하기 시작했을
때
세 명이 고개를 숙였고
두 명이 미소를 지었으며
두 명이 핸드폰을
한 명이 녹고 있는 얼음을
한 명이 창밖의 비둘기를 바라보고 있었다

아무 일도 일어나지 않을 것 같은 오후였지만
무언가 잡다하고 진지한 일들이 일어나려고 하는 오후
였다

마침 오후 세 시 삼십삼 분을 가리키는 시계도
그 진지한 일들 중 하나였다

강수

풀이 젖으면 생기가 나는데
사람이 젖으면 생기가 나지 않았다

옷을 입고 있기 때문이라고 했다
옷을 벗고 젖으면 생기가 난다고
돌아가신 할머니가 일러 준 사실이라고
네가 말했다

할머니는 일찍 죽고 일찍 죽는 사람들은
거짓말을 하지 않는 법이라고

우리는 옷을 벗고
젖은 몸으로 뒹굴었다
어둠 속에서 빗소리가 났다

실감이 나지 않았다
몸에서는 김이 올랐는데

옷을 입고 나오는데
너는 잡은 손을 빼고 장갑을 꼈다

오늘 있었던 일은 아무에게도
말하지 말라고 했다

집에 오는 길에
검은 우산을 빌려주었다

열대야

통유리 건너편으로 차들이 달리는 소리가
어렴풋이 들리고
카페에 앉아 바깥을 바라본다
무언가 터지는 소리
계속해서 터지는 소리
유니폼을 입은 카페 점원이
통유리 바깥에서 전자 모기채를 들고
벌레를 태우고 있다
불빛으로 몰려드는 벌레들
유리에 달라붙는 벌레들이 죽으며 불빛이 된다
벌레가 빛이 되는 소리 터지는 소리
터지는 소리는 한참이 지나도록 그치지 않는다
무엇을 위해 저렇게
집요하게 저렇게 내부도 아닌 바깥에서
벌레들을 태우는가 카페 안에는
따뜻한 냄새가 나고 달콤한
음악이 흘러나오고 사람들은 책을 읽고
노트북을 보고 생각에 잠기고
점원은 아직도 벌레를 태우는 데
온 정신을 집중하고 있다

핸드폰으로 울리는 진동 소리를 듣는다
책상을 드르륵 긁으며 이름은 말하고 있다
여덟 번째 부재중 전화가 같은 이름으로
무언가를 말하고 있다 계속해서 무언가를 태우고
작고 가벼운 어떤 것을 터뜨리려고 하고 있다
전화를 받을 수 없는 이는 모른다
받을 수 없는 전화를 계속 거는 이유를 모른다
계속 죽는 이와 계속 죽이는 이의
상관관계를 모른다
이 집요한 열대야가
언제까지 지속될지 알 수 없다

한 손에 전자 모기채를 든 점원이
조용히 걸어 들어온다

민방위

그는 몸에 꼭 맞는 노란 점퍼를 입고 있었다 재난 대피 지침에 대해 강의하러 왔다고 했다 먼 나라의 쓰나미 영상이 재생되었다 화면 속에서 태풍이 불었다 파도가 치고 있었다 파도가 삼십팔점오 미터라고 하죠 미국 나사에서 사전 경고를 했어요 대피하라고 했습니다 사람들은 쓰나미를 겪어 본 적이 없었어요 구경하려고 바다 앞으로 몰려나왔지요 장관이지요 얼마나 장관이었겠어요 그가 말했다 시속 백십 킬로라고 했어요 사람들이 도망가죠 눈으로 파도를 봤어요 눈에 파도가 담겼는데 어떻게 도망갈 수 있겠어요 우사인 볼트가 백 미터 구 초라고 치지요 우사인 볼트도 파도를 봤다면 살 수가 없어요 치타 정도라면 간신히 살 수 있겠지요 여기 계신 분들 이런 거 처음 봤겠지요 사람이 떠내려가는 장면이니까요 장관이지요 얼마나 장관이에요 산 사람들은 평안할까요 산 사람들이 더 고통스럽겠지요 사는 게 사는 것이 아니지요 강사는 쉬지 않고 말했다 뒷좌석에 앉은 민방위 대원 둘이 소곤거렸다 저런 사람 처음 봐 숨도 안 쉬고 말을 하잖아 어제 술도 한잔한 얼굴인데 미친 것 같아 사람들이 웃었다 나도 웃었다 우스울 것도 없는데 웃었다 필사적으로 사람들이 달리고 있었다 파도가 화면 가장자리까지 덮치고 있었다 그는 말하

고 있었다 쉬지 않고 입을 놀리면서 우리 쪽으로 다가오
고 있었다 그의 뒤로 검은 파도가 덮치는 것이 보였다 노
란 점퍼가 펄럭이고 있었다 그가 손을 내저었다 사람들이
쉬지 않고 웃고 있었다

밥풀

—

    죽은 사람과 밥을 먹었다 나는 죽은 사람이 어떻게 여기에 왔냐고 물었다 그는 죽은 그 사람이 아니라고 했다 나는 장난치지 말라고 했다 그는 아니라고 정말로 정말로 죽은 사람이 아니라고 그는 그 사람과 일면식도 없다고 했다 얼굴을 찬찬히 뜯어보았다 분명히 죽은 사람이었다 장난치지 말라고 사람 갖고 놀지 말라고 소리치며 자리에서 일어났다 내 입에서 밥풀 두 개가 튀어나왔다 죽은 사람은 얼굴에 밥풀을 붙이고 어이없다는 표정으로 바라보았다 연극적인 표정으로 한동안 나를 바라보았다 그 모습이 우스워 웃음이 나왔다 그도 웃었다 우리는 가게가 떠나갈 듯이 웃었다 우스워 죽겠다는 듯이 웃었다 죽은 사람의 얼굴에서 생전 찾아볼 수 없었던 표정이었다 죽은 사람이 아닌 것이 분명했다 마음이 놓였다 나는 밥알을 오물거리며 어떻게 여기를 찾아왔냐고 물었다 그는 천천히 고개를 들며 너는 누구냐고 물었다

—

그림자 결정

그림자 결정을 찾아야 한다고 했다
결정은 우리 마음속에 있다고 했다
착한 사람들에게는 흰 그림자 결정이
나쁜 사람들에게는 검은 그림자 결정이 있다고 했다
결정이 그림자의 색뿐만 아니라
질감과 크기 냄새까지도 결정한다고 했다
사람들은 무거운 얼굴로 태양 앞으로 나아갔다
등 뒤로 길게 뻗는
가장 아름답고 유구한 그림자를 만들기 위해
어떤 이들은 햇볕을 등으로 받아 내며
빛이 비치는 방향을 바라보았다
빛이 비치는 곳과 그림자가 비치는 곳을 바라보았다
그럴 때 마음속에서 무언가 꿈틀거리는 느낌
그 느낌을 결정의 결정적 증거로 삼았다
기존의 이론이 맞았다는 사실
새로운 학설이 태동할 거라는 가설
해가 저물면 사람들은 무표정한 얼굴로
이런저런 것들에 대해 생각하며
각자의 거리로 돌아갔다
어떤 사람들에게는 흰 눈동자가

어떤 사람들에게는 검은 눈동자가 한층 짙어졌지만
집에 가서도 촛불을 켜는 일에 열중했다
그림자 결정을 찾아야 한다고 했다
백 년 만의 월식이라고 했다
사람들은 미리 입었던 옷을 하나둘 벗어 두었다
흰옷과 검은 옷이
땅거미 진 광장에 차곡차곡 쌓여 갔다

풍요로운 삶

횡단보도에서 파란불을 기다리고 있다
선선하고 상쾌한 아침
새들이
새들이 아주 많다
나뭇잎이 무성하다
무성한 나뭇가지 위에
새의 무리가 하나
무리가 둘
무리가 셋……

어제는 오전 내내 도서관에서 책을 읽었다
오후에는 낮잠을 잤다
저녁에는 예술영화 특별전을 보았다

하루에 책 한 권을 읽고
깊은 꿈을 꾸고 영화를 본 사람
매일같이 그렇게 살 수 있다면
그 사람은 갑절의 삶을 살게 될까
갑절의 생각을
갑절의 감정을 가지게 될까

머리 위에서 새가 계속 지저귀고
나는 미소 지으며 고개를 들어 올린다
새를 더 자세히 보려고
새에게 미소를
더 가까이 보이려고

입가에 축축한 무언가가 스친다
비릿하고 시큼한 냄새가 난다
바닥에는 온통 허연 자국들
머리 위로 나뭇잎이
나뭇가지가 지나지 않는 곳은 없고
허옇고 비릿한 것이 다시 떨어지고
비처럼 쏟아지고
버스는 눈앞에서 경적을 울리며 지나가고
좀처럼 신호등은 바뀌지 않고

나무 위에서 나무 위로 옮겨 다니며
새들은 끊임없이
끊임없이 지저귀고 있고

우리 아들에게 무슨 일이 일어난 것일까

　도무지 알 수가 없다 요새 그의 표정에는 근심이 가득하고 몸동작에는 짜증이 배어난다 이유를 알 수가 없다 어제저녁에는 이런 일이 있었다 퇴근한 그는 양말과 외투들을 벗어 베란다에 가져다 놓았다 샤워실로 들어가겠거니 생각하는 찰나 그가 고개를 숙이고 한 손에 속옷을 든 채로 중얼거렸다

　엄마는 왜…… 제 말을…… 안 들어요……? 제 말이 그렇게…… 듣기 싫으세요……? 빨래할 때에는 세제와 섬유유연제를 충분히 쓰라고…… 삼 분의 이 스푼 이상 넣으라고 했잖아요? 그의 표정은 심하게 일그러져 있었다 제 말을 왜 그렇게 안 들어요? 그는 양손으로 김치냉장고를 받치고 머리를 부딪치기 시작했다 쿵쿵 소리가 났다 도대체 왜…… 그렇게 말을 안 들어요? 악취 나는 속옷을 입고…… 끈적이는 양말을 신고…… 출근하는 일이 얼마나 불쾌한지 아세요? 오후가 되면 가랑이에서 냄새가 올라오는 느낌이…… 얼마나 끔찍한지 아세요? 아들이 회사에서 지린내나 풍기고 다닌다고…… 발 냄새나 풍기고 다닌다고 소문이 나면 좋으시겠어요? 그는 계속해서 머리를 부딪치고 있었다 그는 흐느끼고 있었다 아들이…… 그렇게

싫으세요? 왜 세제와 섬유 유연제를 충분히 안 쓰시는 거냐고요? 아들이 그렇게 싫으세요? 왜 사람을 별것도 아닌 일로 스트레스를 주냐고요! 사는 게 이렇게 힘든데…… 사는 게 얼마나 힘든데……!

한동안 고개를 숙이고 있던 그는 김치냉장고 뚜껑을 열더니 머리를 그 안으로 들이밀었다 시원한 바람을 음미하는 것 같았다 한참을 괴이한 자세로 있더니 조용히 샤워실로 들어갔다

나는 도마를 한쪽으로 치우고 식탁의 의자를 빼내어 앉았다 흘러내리는 머리카락을 쓸어 넘기고 고개를 들어 거울을 보았다 미간에 주름이 깊게 패어 있었다 우리 아들에게 무슨 일이 일어난 것일까? 나는 세제가 오래된 것인지 섬유 유연제가 어디 제품이었는지 가만히 떠올려 보았다 그의 속옷과 양말 옷가지를 가지런히 정돈해 세탁기에 넣고 세탁 버튼을 누른다 샤워실에서 물소리가 들린다 무슨 일이 일어난 것이 틀림없어 무언가 일이 벌어지고 있는 게 분명해 나는 속으로 생각하며 신경질적인 기계음을 반복하고 있던 김치냉장고의 뚜껑을 닫았다 그는 사는 게

힘들다고 말했다 도저히 견딜 수 없다고 말했다 도대체 우리 아들에게 무슨 일이 일어나고 있는 것일까 샤워실 바닥의 타일을 때리는 물소리가 들렸다 영영 끝나지 않을 것 같은 소리가 계속되고 계속되었다

효자도 아니면서

아빠가 아침에 화장실에 오래 앉아 있는 게 싫어. 문 열어 놓고 똥 싸는 게 싫어. 태극기 집회 나가는 게 싫어. 티브이 켜 놓고 자는 게 싫어. 엠피쓰리에 이연실 유익종 노래 넣어 달라고 조르는 게 싫어. 나훈아 가사처럼 시 쓰라고 잔소리하는 게 싫어.

싫은 걸 싫다고 말하지 못했다. 가끔 집에도 들러 저녁도 먹으라는 엄마에게 싫다고 말하지 못했다. 그러다 엄마도 아빠를 싫어하게 될까 봐.

안방에서 놀다가 아빠의 청춘 사진을 보았다. 나보다 어린 것 같았다. 젊었을 적 아빠는 턱이 아주 발달했군요? 엄마에게 물었다. 의지도 세고 고집도 세잖니.

젊었을 땐 그게 남자답다고 엄마가 반했잖니. 엄마는 고개도 들지 않고 말했다. 몸을 웅크리고 걸레질을 하며. 내 눈시울이 조금 붉어지려고 했는데

내 턱이 갸름하기 때문은 아닐 것이다. 컴퓨터게임을 했다. 사람들에게 너희 부모는 사람이니 물으며 기분을 풀

었다. 머리가 조금 맑아지는 느낌이었다. 사람들은 자주
발끈한다. 효자도 아니면서.

그리운 금강산

나른한 봄날. 카페테라스. 한 여자가 전화를 하고 있다.
아빠. 서울 올라왔어요. 오빠는 집에 있고요. 여자의 어투
는 다정했다. 다정한데 사무적이다. 네 저도 아빠 보고 싶
어요. 아빠도 건강 챙기셔야죠. 여자의 목소리에는 높낮
이가 없다. 저 여자는 진심이 아닐 거야. 분명히 애정이 없
어 보여. 나는 생각했다. 위선보다는 비선이 상대적으로
바람직하다고. 나는 종종 생각한다. 아버지는 자주 장문의
문자를 보낸다. 헤밍웨이도 조지 오웰도 종군기자 출신이
라고. 직접 행동하여 많은 사람들의 가슴을 울리는 소설
을 쓰라고. 행동에 옮기는 사람이 마음을 옮길 수 있다고.
놀라울 정도로 멋진 말을 했다. 그러므로 하루빨리 태극
기 집회에 나가라고 했다. 여자의 통화는 계속되었다. 끝
나지를 않았다. 아빠 믿어요. 엄마보다 내가 더 믿어요. 믿
는다니, 무얼 믿는다는 말일까. 여자는 웃고 있었다. 어깨
가 뻐근했다. 기지개를 켜고 있었다. 아버지는 북한 없이
는 못 살 사람이다. 전쟁이 일어나지 않으면 뜬눈으로 관
에 들어가실 사람이다. 언젠가 아오지 탄광에 아들이 보
내지고 말 것이라는 굳건한 믿음. 담배에 불을 붙이며 아
버지에게 전화를 걸었다. 컬러링은 그리운 금강산. 아버
지는 받지 않았다. 금강산은 계속되고 계속되었다. 여자

56

의 통화는 계속되고 계속되었다. 보이지도 않는 곳에서 바람이 불고 있었다. 수수만년 아름다운 산. 그리운 만 이천 봉 말은 없어도.

가위바위보

이 문장을 던질까 말까
문장이 네 손에서 떨고 있다
식은땀이 난다
문장이 파랗게 젖고 있다
이 문장을 던지기 전과 후
너는 다른 사람이 될 것이다
되어야만 한다
방금 전까지 없었던 이 문장이
어디로부터 왔는지는 알 수 없다
그러나 이 문장은 곧 어디론가 던져질 것이다
너는 두렵다 문장이
네 손에서 떨고 있는 문장의 떨림이
너도 감당할 수 없는 이 문장이
기대 이상의 무언가를 가져다주리라는
근거 없는 믿음과 불안감이 두렵다
손바닥을 가볍게 펼치면
문장은 그렇게 왔던 것처럼 간단히
사라져 버릴 것이다
너무 많은 판돈을 걸었던 걸까
주먹을 낼까 보를 낼까

망설이는 아이처럼 집중력은 흩어지고
문장 외의 세계는 없었던 것처럼 시야는 흐려지고
심호흡이 네 호흡을 삼켜 버렸다 너는
네 손이 비었던 때를 생각할 수 없다
보자기는 날카로운 가위를 피할 수 없을 것이다
무턱대고 주먹을 던지면 겸허한 보자기에 패할 것이다
손바닥이 자꾸만 축축해지고 있다

너는 깍지 낀 손을 꺾어 눈에 가까이 대본다
손 틈으로 새어 들어오는 빛의 형체는 말하고 있다
어서 무언가를 내라고 말하고 있다

자세

비 오는 일요일 사람 많은 이태원 거리 우산을 하나 산
다 좁은 카페에 들어선다 자리는 없고 테라스에는 비가
들어차지 않는 테이블이 딱 하나 남아 있고 두엇의 커플
이 앉아 있고 나는 자리에 앉는다 남자는 말한다 남자는
말하고 남자는 말한다 남자는 말하고 여자는 말하지 않는
다 여자는 말하지 않는다 남자는 두 손바닥을 다리 사이
에 끼고 의자를 미는 듯한 자세를 취한다 제 어깨를 미는
듯한 자세를 취한다 허리를 곧게 펴고 고개를 숙인다 남자
는 깊은숨을 들이쉰다 깊은숨을 내쉬는 것일 수도 있다 여
자는 말하지 않는다 여자는 만든다 침묵을 만든다 나는 안
다 저것이 이별의 자세라는 것을 이별의 표정이라는 것을
현상이 감정에 앞선다 풍경이 현상에 앞선다 남자는 허리
를 구부리고 고개를 든다 비가 오고 있다 해가 지고 있다
먼 곳에서 불이 켜진다 사람들이 들어온다 사람들이 나간
다 맥주가 줄어들고 있다 자리가 없다고 말한다 사람들이
나간다 남자는 하늘을 본다 우산을 만지작거린다 비가 내
린다 남자가 일어선다 여자는 일어서지 않는다 남자가 말
한다 뭐라고 말하는 것 같다 그림자가 내 쪽으로 다가온다
내 쪽으로 번진다 맥주가 줄어든다 남자가 다가온다 맥주
는 비어 있다 비가 그쳤다 여자는 말이 없다 남자는 허공

에 손을 뻗는다 비가 내린다 여자가 일어선다 만지작거린
다 나는 우산을 만지작거린다 투명한 그늘 하나가 생긴다

빛

사진 찍어 줘. 핸드폰을 내민다. 찰칵, 찰칵. 어때? 한 번 봐 봐. 네가 묻는다. 좋아 좋은데, 얼굴이 더 작게 나오게 해 줘. 응, 이번 거 좋다 맘에 드는걸. 카페 창밖으로 빛이 들어오고 있었다. 얼굴 왼쪽으로 창틀의 그림자가 얹혀 있었다. 너는 카운터에 빈 쟁반을 가져다 놓으러 일어난다. 그 뒷모습을 바라보고 있다가 네가 찍어 준 사진을 인스타그램에 올린다. 일 분도 안 되어 누군가의 댓글이 달린다. "읽고 계신 책이 거꾸로…… 제가 제일 먼저 발견한 거?" 당황한 내가 곧바로 댓글을 단다. "노렸습니다." 어느새 네가 옆으로 다가왔다. 노란빛이었다. 창밖으로부터 들어온 손 하나가 얼굴에 닿고 있었다. 책 좀 거꾸로 들고 있으면 어때, 신경 쓰지 마 예뻐. 우리는 문을 열고 밖으로 나간다. 누군가가 우리의 뒷모습을 지켜보고 있었다. 그것은 알 수 없는 일이지만 나는 분명히 알 수 있었다. 카페에 있었던 그날의 장면이 문득 생각났다. 계절의 몇 바퀴도 더 지난 일이다. 생각날 때가 있다. 장면이 빛처럼 바닥에 꽂히고 있었다. 빛처럼 사라지고 있다. 알 수 있는 일이지만 아무것도 알 수 없는 일들이 있다. 다만 거꾸로 뒤집힌. 창틀의 그림자 같은.

서정시

  수업이 끝난 후 우리는 근방의 카페에 앉아 있다 과제로 받은 서정시를 써야 하는데 서정시는 도통 감이 안 온다며 참고할 만한 시를 알려 달라며 나는 너에게 묻는다 너는 인기가 많고 내 주위를 맴도는 이유를 모르겠지만 우리는 테라스의 넓고 딱딱한 의자에 비스듬히 앉아 있고 테라스 바깥쪽으로는 비가 내리고 있다 여름인 듯하고 여름임에도 바람은 차고 너는 시집을 뒤지고 있고 나는 시상을 떠올리고 있고 교정을 떠나보냐다, 보내다라는 말보다는 보나다가 더 쓸쓸하군 정확한 이유는 알 수 없지만 나는 눈시울이 붉어지고 고층 빌딩들 위로 비가 내리고 있다 제목 뒤에 장면이 따라붙고 문장이 따라붙는다 왕따를 당해 자살한 화자의 이야기를 그런데 누가 좋아할까 나는 고개를 가로젓고 너는 시집을 편다 네가 좋아하는 서정시를 찾았다며 너무 오래된 시라 참고가 될지 모르겠다고 민망해한다 그래 봤자 겨우 십 년 전인데? 내가 반문하자 그러면 다행이고 어서 읽어 보세요, 그리고 너는 내 무릎에 손을 올리는데 그 손은 왜 이리 따뜻한지 인기가 많고 손이 따뜻한 네가 왜 지금 내 옆에 나란히 누워 있는지 시를 읽어 내려가는 내 두 눈동자를 네 눈동자가 따라가고 네 눈썹은 네 얼굴은 왜 이리 따뜻하고 부드러운지 나는 가만히 네 얼굴을 본다 하얗고 부드럽고 웃고 있는 네 얼굴을 본다 내 표정은 어떤지도 모르는 채로 네 얼굴을 본다 시간이 흐르면 언젠가 나는 너의 무릎에 손을 올리고 입술을 입술로 가져가고 그렇게 시간이 흐르다 보면 언젠가 우리는 우리를 떠나가고 거기서 몇 편의 시가 나오고 그러다 보면 나도 시인이 되고 너도 시인이 될 수도 있겠지 원로 시인이 된 우리는 우리를 어떻게 기억할까 원망할까 미소 지을까 미소 짓는다면 지금과 같은 표정일까 비가 계속 내리고 너의 손은 죽은 듯 멈춰서 움직이지 않는다 너는 가만히 눈을 감고 있고 네가 살아 있는지 죽어 있는지 모르겠다고 생각한 지는 그리 오래되지 않았다

제3부

구멍을 파듯이

사육사

개를 키우는 일이 개를 죽이는 일이라면. 개에게 먹이를 주는 길이 독을 먹이는 길이라면. 그런 사육에서. 그런 살육에서 벗어날 수 없는 사람이. 헤어날 수 없는 사람이 있다면. 그는 손에 피를 묻히지 않기 위해. 그는 손에 개를 묻히지 않는다. 아무것도 묻히지 않은 손으로 개를 묻으러 간다. 혼자 빈손으로 걸어간다. 빈손으로 걸어가 빈손으로 돌아오는 길. 비가 내린다. 비에서는 항상 흙냄새가 나고 흙은 어디에서 오는지 아무도 모르지. 아무것도 묻지 않은 손에서 물이 뚝뚝 떨어진다. 비린내가 난다. 이마 위로 흘러내리는 머리를 쓸어 넘긴다. 고개를 들어 문을 두드린다. 두드리고 두드리고 두드린다. 굳게 닫힌 철문 너머. 개 짖는 소리가 들린다.

개

―

　집이 너무 삭막해서 개를 산 것이다. 온통 책과 화분, 맥주밖에는 없어서 너무 삭막해 보여서. 몸소 개 인형을 산 것이다. 똥을 치울 자신은 없고 죽을 때까지 사랑을 줄 자신은 더 없다. 우리 집에 놀러 온 애인은 개를 괴롭힌다. 손가락을 튕겨서 개를 공격한다. 돈 주고 산 거야, 다른 여자한테 선물 받은 거라고 생각하는 거 아니지? 알아, 그냥 생긴 게 맘에 안 들어. 특히 눈빛이 맘에 안 들어. 애인이 가고 나서 방을 정리하면 개는 언제나 벽의 모퉁이만 보고 있다. 나는 조심스레 개의 엉덩이를 다시 돌려놓는다. 출근할 때 개의 자리는 베개 위다. 이불을 올려 발끝을 덮어준다. 이마를 쓸어 넘기고 귀를 쓰다듬어 준다. 문을 닫고 나가기 전에 한 번 더 돌아본다. 살아 있는 것이 아니어서. 나는 마음껏. 아낌없이 사랑을 줄 수 있다.

　어젯밤에는 밤새 비가 쏟아졌고 커튼 틈새로 새어 들어오는 번갯빛에 잠을 설쳤다. 어떻게 살아야 할지 도무지 모르겠다는 표정으로. 끝 간 데 없이 공허한 눈빛으로. 아득한 어둠 속에서…… 내 품에 안긴 개가 나를 올려다보고 있었다.

―

68

전부는 없다

그는 어떻게 보이는지에 대해 관심이 많다. 직장의 상
사에게. 클럽에서 만난 여자에게. 지하철 맞은편에 앉은
사람에게. 결혼식 하객에게. 길가의 노점상에게. 연극의
등장인물에게. 침대 위의 연인에게. 침대 아래의 고양이
에게. 무엇보다도 자기 자신에게. 가끔 글을 쓰고, 오픈 시
간에 맞추어 카페에 가고, 혼자 영화를 보고, 혼자 곱창을
굽기도 하고, 해변의 오래된 놀이기구를 바라보며 회를 먹
고, 백화점 전신 거울 앞에서 멋쩍은 표정을 짓기도 한다.
그럴 때 보여지는 자신에 관심이 많다. 그럴 때 볼 수 없
는 자신에 관심이 많다. 술자리에서, 회사에서, 집에서, 사
진 속에서, 심지어 꿈속에서 볼 수 있는 자신과 볼 수 없는
자신에 관심이 많다. 가끔은 자신으로부터 도망치고 싶을
때가 있다. 도망치고 있을 때에도 도망치는 자신을 바라보
는 자신으로부터 도망치고 싶을 때가 있다. 탈출할 수 없
는 절망 속에서도 낄낄거리며 지켜보는 자신으로부터 도
망치고 싶을 때가 있다. 낄낄거리며 지켜보는 자신을 지
켜보며 슬퍼하는 자신, 슬퍼하는 자신을 보며 감상주의를
비판하는 자신, 이 지리멸렬한 자신들로부터 도망치고 싶
어 하는 자신이 있다. 냉정한 자신은 누구인가? 집요한 자
신은 누구인가? 소심한 자신은 누구인가? 도대체 누가 자

신인가? 누가 누구를 쫓고 누가 누구에 쫓기는가? 탈옥을 꿈꾸는 쾌감과 투옥을 인식하는 쾌감 중 무엇이 더 큰가? 모른다고 말할 수 없다. 안다고도 말할 수 없다. 모르는 것이 전부다. 아는 것이 전부다. 전부가 그는 아니다. 그가 그는 아니다. 전부는 좁고 넓고 멀다. 전부는 없다. 그는 자신감으로, 텅 비어 있다.

물에 젖었다

보도를 걷고 있었다
자동차가 빗물을 튀기고 지나갔다

이토록 흠뻑 젖은 건 처음이다

나는 뒤를 돌아보며 욕을 했는데
그것은 검은색 승합차였다
차는 조금 가다가 멈추었고
나는 고개를 돌렸는데

흠뻑 젖은 옷을 입고 생각했다
이 물이 언젠가는 마를 수 있을까
마른 후의 옷과 젖기 전의 옷은
다른 것에 가까울까 같은 것에 가까울까

해로운 물
이로운 물
부드러운 물
이상한 물

물에 대한 이상한 말들이
계속해서 떠올랐고
목적지에 도착했을 때
옷은 깨끗이 말라 있었다

마른 옷을 입고
사무실에 앉아서 일을 했다

창밖으로 간간이 클랙슨 소리가 들렸다

찍혔다

그는 그렇게 생각하는 사람이었다 세상의 모든 것은 모든 사람은 모든 감각은 허상이며 존재하는 것은 오로지 그뿐이라고 다만 실감 나는 현혹일 뿐이라고 그렇게 생각하는 사람이었다 그렇게 믿는 사람이었다 그런 그가 찍혔다 직장 동료의 결혼식 사진에 찍혔다 그와 동갑이지만 선배였고 예전에는 같이 사내 독서 모임도 했지만 같은 팀에 배속되면서 업무적으로 사이가 틀어진 그가 그녀의 결혼식 사진에 찍혔다 축의금을 얼마로 할지 삼 분 정도 고민하는 시간도 있었고 스테이크를 씹으며 일 인당 식대를 셈해 보는 시간도 있었다 결혼식 연주는 역시 라이브가 제맛이라며 식장 보조 요원 한 명이 제 스타일이라며 호텔이 역시 뭐든 고급지다며 속으로 생각하던 시간도 있었다 그런 그가 찍혔다 사진에 찍혔다 신랑 신부의 친구 직장 동료분들 나오세요 그는 입을 가볍게 냅킨으로 닦고 이에 낀 스테이크 조각을 혀끝으로 빼내려고 애쓰면서 천천히 단상으로 나갔다 어색한 미소를 지으며 눈에 띄지 않는 구석에 서서 카메라를 바라보던 그, 찰칵 소리와 함께 카메라 속으로 빨려 들어가 버린 그, 누군가의 먼지 쌓인 결혼식 앨범에 영영 남게 될 그, 그가 흑점처럼 사진에 찍혔다

풀

어떤 풀에 대한 생각을 했다. 없던 풀에 대한 생각을 했
다. 살갗에 뿌리를 내릴 수 있는 풀에 대해. 두피에도, 옆
구리에도, 심지어 성기에도 뿌리를 내리는 풀에 대해. 온
몸을 풀로 뒤덮어 버릴 수 있는 풀에 대해. (그렇다면 그
를 사람이라고 부를까 풀이라고 부를까?) 그런 풀은 어딘
가에 있을 것이다. 살이 흙보다 못한 것이 없기 때문이다.
까맣고 노르스름한 먼짓덩어리보다 못한 것이 없기 때문
이다. 살은 부드럽고 촉촉하고 따스하고…… 말하자면 흙
보다 많은 수분을 머금고 있고 흙보다 많은 영양분을 머
금고 있고, 끊임없이 영양분이 보충되고 영양분은 끊임없
이 어딘가에서 어딘가로 흐르고. 말이 나왔기에 망정이지
살이 흙보다 못한 것이 없기 때문이다. 황인종의 살갗에
뿌리를 내릴 수 없는 풀이라면 백인종이나 흑인종도 있기
때문이다. 백토와 황토, 적토에 각각 생육에 적합한 풀이
있듯이, 풀이 살아가기에 적합할 가능성이 있는 여러 선택
지가 존재하기 때문이다. 육지가 아니라면 바다에, 바다가
아니라면 상공에, 상공이 아니라면 지하에, 이를테면 맨틀
에. 맨틀이 아니라면 외핵에, 외핵이 아니라면 내핵에, 그
런 풀이 존재할 수 있는 것이다. 내핵에 사람이 살 수 없
다면 내핵에 살 수 있는 어류에, 내핵에 살 수 있는 어류가

아니라면 내핵에 살 수 있는 파충류에, 파충류도 아니라면 파충류도 아닌 어떤 것의 살갗에 뿌리를 내릴 수 있는 풀이 존재할 수 있는 것이다. (그렇다면 그것을 동물이라고 부를까 식물이라고 부를까?) 그런 풀이 존재할 수 있는 것이다. 그럴 가능성을 외면하면 안 되는 것이다. 그런 풀에 대해 생각했다. 풀로 뒤덮인 것에 대해 생각했다. 온통 풀로 뒤덮인 세상에 대해 생각했다. 풀이 자라고 있다. 풀은 자라고 있다. 지금도 어딘가에서 자라고 있다. 무럭무럭 자라고 있다. 그것을 풀이라고 부르는 일이 과연 옳은 일일까? 나도 모르는 그것을 풀도 모른다.

가루

가루가 담겨 있다
관 뚜껑 위에
하얀 항아리 안에
어둠 속에
갓 태어난 가루가 담겨 있다
햇볕이 내리쬐고
새가 지저귄다
한때는 손의 일부이기도 했고
귀의 일부이기도 했던 가루 주위를
가루의 가족들이
동그란 원으로 둘러싸고 있다
성직자가 허공에 가볍게 손을 뻗는다
가족들은 항아리 위에 손을 얹고
시계 반대 방향으로 한마디씩
말을 이어 간다
흐느끼고 고개 숙이고
목이 메었다가
끊어지는 목소리로
다시 한마디씩 이어 간다
가루는 가루가 되어

그 말을 실어 나를 귀도

손도 없고

응답할 혀도 이빨도 없다

비명을 토하는 사람도 있고

쓰러져서 일어나지 못하는 사람도 있다

가루는 개의치 않고

가루로서의 본분을 다한다

애초에 사람의 육체로서는

달성할 수 없었던 목표를 위해

이 순간을 기다려 왔다는 듯 가루는

할 수 있는 모든 것을 다한다

낮잠

낮에는 책을 읽는다

잠이 쏟아지는 책이었다
흘러내리는 책이었다

눈이 감기고
귀가 감기고 몸통이
쏟아졌다

표지에는 죽은 작가의
얼굴이 있다 입술에
닿을 것만 같다

살아 있는 사람과 키스하는
작가의 난처한 마음이란

페이지를 넘기지도 않았는데
책 속으로 빨려 들어가지도 않았는데

누군가가 머리를 세게 때렸고

돌아보니 작가의 죽은 눈이었다

꿈 너머 꿈이었다

머리를 들어 올리면

흥건하고 흥건한 세상이었다

속눈썹에 달라붙은 끈적이는 것을 떼어 냈다

통원

—

아침을 먹고 약을 먹는다
점심을 먹고 약을 먹는다
저녁을 먹고 약을 먹는다
하루 세 번 식후 삼십 분 정기적으로
약을 먹는 루틴이 생겼을 뿐인데
내 삶은 좀 풍요로워진 것 같다
매주 두 번 두 주 동안 꼬박꼬박
주사를 맞으러 병원에 가야 할 뿐인데
내 삶은 좀 뾰족해진 것 같다
가끔은 거울도 보고 미소도 짓는다
꾸준히 약을 먹고 주사를 맞으면
병원에 가기 전으로 돌아가겠지
그러면 나는 더 이상 병원에 갈 수 없겠지
시계는 계속 돌아가고
나는 몇 알의 약을 먹고 몇 번의 주사를 맞을 것이고
감염 경로는 점막 간 접촉 및 신체 분비물의 혼합 등으로
예상됩니다
나는 입안 상피세포를 뜯어 앞니로 오독오독 씹어 본다
몇 시간 후에 나는 식사를 하고 다시
약을 먹겠지 내일은 주사를 맞을 것이다

—

앞으로 멀어져 가는 사람과
뒤로 돌아오는 사람을 생각한다
얼굴은 까맣고 뒤통수는 하얗다

간밤에 비가 오지도 않았는데
길바닥에 지렁이들이 널려 있었다

에릭 클랩튼

자동차 스피커가 맛이 갈 대로 갔다 친구에게 전화를 걸어 돈을 좀 들여도 좋으니 스피커를 교체하고 싶다고 했다 중고차에 돈 처바르지 말고 그냥 타, 친구는 전화를 끊었다 그 이후로 운전하는 낙이 사라졌다 멘델스존 바이올린 협주곡도 메피스토 왈츠도 도저히 거슬려서 들을 수 없었다 끝음이 갈라져 부서지고 있었다

그때부터 운전할 때면 언제나 에릭 클랩튼을 듣게 되었다 이유는 알 수 없지만 스피커가 기타 사운드는 여전히 잘 잡아 주고 있었다 평소에 찾아 듣지 않았던, 플레이리스트에 있던 그의 앨범을 질릴 때까지 반복해서 들었다 그렇게 오천 킬로를 탔는데도 질리지 않았다 계속 좋았고 계속 새로웠다 신기했다

그녀는 음악을 들을 줄 알았다 닉 드레이크의 가장 좋은 곡들을 손에 꼽을 줄 알았고 가장 좋아하는 앨범이 에릭 클랩튼의 Unplugged라고 했다 취향이 괜찮았다 그녀는 처음에 내가 건방져 보였다고 했다 그러나 내 차에서 에릭 클랩튼이 나왔을 때 그때 우리를 둘러싼 공기가 달라진 것 같다고 말했다 조금 과한 느낌은 있지만 어쨌든 낭만적

인 말이었다 스피커가 고장 났더니 이런 경우도 다 있군

추운 겨울밤 그녀의 집 앞에 차를 세우고 라이트를 모두 끄고 에릭 클랩튼을 듣고 있으면 춥고 어두운 세상에서 우리만을 위한 작은 거처를 마련한 것 같았다 나는 그녀의 영혼이 가장자리부터 떨리는 소리를 들을 수 있었다 그럴 때 그녀의 눈은 정말이지 무엇보다도 아름다웠다

네 차에서 에릭 클랩튼을 듣고 있으면 너랑 같이 무엇이든 할 수 있을 것 같은 느낌이 들어

그녀는 차갑고 가느다란 손가락으로 내 손을 끌어당겼다

그러나 시간이 흘러 그녀는 떠났고 나는 혼자 남은 차 안에서 에릭 클랩튼을 듣고 있다

우리는 함께 무엇을 했나 우리는 모든 것을 했나 그때 우리가 정말로 모든 것을 할 수 있었나 우리가 할 수 있는 모든 것은 무엇이었나

에릭 클랩튼의 네 살배기 아들 코너가 맨해튼의 53층 빌딩에서 추락사하는 사고가 발생했다 이후 클랩튼은 사랑과 비통함을 담은 Tears In Heaven을 발표했다 그녀가 가장 좋아하는 곡이 그 곡이라고 했던 것 같다 나는 그 말에 왠지 모르게 거부감이 들었던 것 같다 그녀가 떠난 이후 계속 그 말이 머리에 맴돌았다

그녀가 아직도 그 곡을 좋아할까? 그것은 알 수 없다 그날 이후 우리의 마음 가장 높은 곳에서 무언가가 추락한 것은 분명하다 그러나 아무도 죽지 않았다 나도 죽지 않았고 그녀도 죽지 않았다 에릭 클랩튼도 마찬가지 죽은 아들을 제외한 그의 가족들도

바닥에 깔리는 엔진 소리 때문에 도저히 집중이 되지 않는다 나는 시동을 끄고 천천히 차 밖으로 나온다 바닥에 무언가가 떨어지는 소리가 들린다 나는 고개를 숙이고 어두운 차 아래를 더듬는다

부고

나와 너는 같은 차 안에 있다 우리는 이미 세 편의 비
행기와 두 번의 연착 두 번의 렌터카를 타고 집으로 가
고 있다

길은 길고 좁고 멀다 노래는 시네마 천국

이 사람 노래는 슬퍼 슬픈데 자폐도 아니고 궁상도 아니
야 그래서 달라 그래서 아름다워

굳이 따지자면 추억인가? 내가 되묻고 너는 한동안 대
답이 없다

나는 사망했다 늘 가깝게 지냈던 모든 친구들과 오랫
동안 만나지 못했던 모든 이들에게 깊은 애정을 담아 인
사한다

너는 인터넷에 올려진 부고를 찾아 소리 내어 읽고 있다
이 사람이 직접 쓴 거래 죽기 전에

마지막으로 누구보다 소중한 아내 마리아에게 지금까

지 우리를 하나로 묶어 주었으나 이제는 포기해야만 하는
특별한 사랑을 다시 전합니다 당신에 대한 작별 인사가 가
장 마음이 아픕니다

너는 엉엉 운다 너무 마음이 아파서 더는 못 읽겠다고
말하며 계속 읽는다 끝까지 읽는다

근데 가장 소중한 사람이라면서 그게 다야? 따로 한 장
더 써야 되는 거 아니야 내가 묻고

마지막에 썼잖아 그거면 충분한 거야
너는 눈물을 닦으며 울먹인다

음악은 끝나고 길은 끝이 보이지 않는다 길은 여름이
었다가 겨울이었다가 가을이 된다 낙엽은 보이지 않는다

자폐도 아니고 궁상도 아닌 아름다움이란 어떤 것일까
죽고 나서야 상실을 노래하는 것 죽으면서 상실을 노래하
는 것 죽기 전에는 상실을 노래하지 않는 것

더 이상 상실을 노래하기 싫어서 나는 너와 만나기로 결정했던 것 같다 너와 같이 살기로 결심했던 것 같다

이 말을 언제 어떻게 너에게 말할까 고민하는 사이

야 근데 이거 가짜 뉴스네

너는 충혈된 눈으로 얼음이 완전히 녹은 아메리카노를 빨아 마신다

바닥을 긁는 빨대 소리가 차 안을 가득 메운다

오늘의 작업은 종료되었다

딱히 알고 싶지는 않지만 궁금하긴 해. 그런 사람이 있다는 게. 왜 그런 사람이 있는지 궁금하긴 해. 왜 한겨울에 연락도 없이 랍스터 한 바구니를 현관 앞에 두고 가는지. 왜 새벽 두 시에 또래오래 치킨을 두고 가는지. 궁금하긴 해. 선배라는 이유로. 자기 사람이라는 이유로. 준 만큼 돌려받겠다는 마음가짐으로. 그렇게까지 하는 사람이 있는지 궁금하긴 해. 하지만 엮이고 싶지는 않다. 알고 싶지는 않다. 그런 사람이 곁에 있는 게 두려워. 그런 사람이 현관 앞을 어슬렁거린다는 게. 현관 앞에서 비닐봉지 부스럭거리는 소리를 낸다는 게. 노크를 할까 말까 고민한다는 게. 노크를 할까 고민하지도 않는다는 게 두려워. 그런 생각을 하고 있을 때 어렸을 적 읽었던 옛날이야기가 생각났다. 옛날에 읽었던 옛날 옛날이야기. 옛날 옛날 옛날에 할머니가 있었다. 할머니가 있었고 호랑이가 있었다. 산속을 오르는 할머니가. 홀로 산을 오르다가 호랑이를 만나는 할머니가 있었다. 할머니는 살고 싶었지. 그래서 외쳤어. 이런 니미럴 예의도 모르는 녀석. 내가 네 에미다. 할머니는 목청껏 외쳤어. 소리 높여 외쳤어. 한참을 바라보던 호랑이는 눈물을 흘리며 할머니에게 절을 했던가. 다음 날부터 집 앞에 멧돼지 고기를 놓고 갔던가. 호랑이를 만났던

게 할머니가 맞았던가. 딱히 궁금하지는 않지만 알고 싶긴
해. 왜 그런 이야기가 있었는지. 왜 그런 이야기가 갑자기
떠올랐는지 알고 싶긴 해. 더 이상 위태롭지 않았던 할머
니는 잠시 동안 행복했다. 그리고 곧 죽었다. 늙어 죽었다.
호랑이도 늙어 죽었다. 죽으면 다 똑같구나. 선배는 중얼
거린다. 선배는 담배에 불을 붙인다. 죽으면 다 똑같은데
누구는 멧돼지를 놓고 간다. 누구는 또래오래 치킨을 놓
고 간다. 치킨이 식든 굳든 신경 쓰지 않고. 한겨울, 눈 쌓
인 현관 위에 치킨을 놓고 간다. 그런 게 두렵다. 결국 다
똑같은데 다른 척한다는 게. 다 똑같은데 길고 긴 이야기
를 만든다는 게. 누군가는 또 이렇게 끝없는 이야기를 떠
올리고 있다는 게 두렵다. 두렵고 소름 끼친다. 궁금하지
도 않은 사람에게 궁금하지도 않은 이야기를 들려주는 이
야기. 두렵고 두려워서 잠을 이룰 수 없을 것 같다. 선배는
검은 비닐봉지를 뒤집어쓴다. 침대에 두터운 몸을 밀어 넣
는다. 오늘의 작업은 종료되었다.

제4부

난 담배가 없네 다행히 담배를 피우지 않는군

불편한 사람

서교동의 카페에서 그를 처음 보았다. 벽이 모두 막혀 있고 창문 하나 없는, 거기에 천장은 매우 높아서 폐쇄적인 느낌을 주는, 말소리가 꽝꽝 울리는 카페였다. 그곳에서 그를 보았다. 그는 항상 검은 스웨터를 입고 있었고 덜 말린 듯한 부스스한 머리로 구부정하게 앉아서 책을 읽으며 맥주를 마셨는데, 언뜻 지적인 흔적이 보이는 그의 얼굴 어딘가에는 깊은 권태가 엿보였다. 이곳에 있는 것은 나의 의지도, 나를 부른 다른 이의 의지도 아니고 오로지 권태의 의지라는 듯 한없이 무력한 포즈로 그는 앉아 있었다. 이따금 지루해졌는지 고개를 들어 주위를 둘러보곤 했는데 그 시선이 머무는 시간은 0.5초 정도밖에 되지 않았고 말 그대로 매우 짧은 순간이었지만, 나는 그때마다 그의 눈빛이 미세하게 떨리는 것을 느낄 수 있었다. 그 모습은 왠지 모르게 나를 불편하게 했다.

간혹 그의 시선이 내게 머무를 때 그 시선은 조금도 흔들리지 않았다. 그 눈빛은 한없이 깊고 공허해서 나는 아주 짧은 시간이지만 내 옷이 벗겨지고 살갗이 타들어 가는 느낌이 들었다. 그 눈빛도 불편했지만 그가 내게서 시선을 거둘 때 유난스레 큰 동작으로 고개를 휙 돌려 버리

93

는 것 또한 불편했다. 그러나 그 불편한 느낌은 오래가지
않았다. 언젠가부터 그는 내 쪽에 시선을 주는 일에 아예
관심을 두지 않았기 때문이다. 나를 더 이상 알고 싶지 않
다는 듯이, 아니면 나를 완전히 알아 버렸다는 듯이. 덕분
에 나는 그를 맘 놓고 관찰할 수 있었으나 이유는 알 수 없
지만 나는 어렴풋한 친밀감을 느꼈던 것 같다. 그와 가까
워지고 싶다고 생각한 것이 그 무렵이었다. 그와 인사를
나누고 악수를 하고 통성명을 하고, 아주 가끔은 안부를
물으며 무엇을 읽고 있는지 무엇에 관심이 있는지 대화를
나눌 수도 있을 것이다.

　폭우가 쏟아지는 구월의 저녁, 연인이 아닌 사람들도
연인인 것처럼 한 우산 속에 몸을 바짝 붙여야만 하던 저
녁. 카페는 비를 피하는 사람들로 더욱 북적였고 나는 무
엇에 홀린 듯 그에게 천천히 걸어가고 있었다. 언젠가 이
러한 일은 반드시 일어나야만 하고 그것은 반드시 오늘이
어야 한다는 듯이, 그에게 다가가고 있었다. 그는 여전히
고개를 숙이고 책을 읽고 있었다. 그의 옆에는 반쯤 남은
맥주병과 빈 잔이 놓여 있었는데 잔을 채우는 데에는 별
반 관심이 없어 보였다. 나는 그의 표정을 가까이에서 보

고 싶었다. 가까이에서 그의 불편한 눈빛을 들여다보고 싶었다. 나는 조심스럽게 그의 검은색 스웨터에 손끝을 갖다 댔다. 어깨를 가볍게 두드리려고 했다. 그러나 그는 만져지지 않았다. 손이 어깨 밑으로 스르륵 들어갔다. 그의 얼굴 속으로 몸속으로 빨려 들어갔다. 만져지지 않는 그의 육체 사이로 바람이 통하는 것 같았다. 사람들이 나를 이상한 눈으로 쳐다보는 것 같았다. 만약 정말로 그의 육체가 허상이라면 그의 자리에 앉아 버리면 어떨까, 나는 그의 의자에 앉으려고 했다. 그의 형상 속에 내가 쏙 들어가 버리려고 했다. 잠시 시간이 지나고 나는 내 자리처럼 편안해져, 반쯤 남은 그의 맥주를 잔에 따라 천천히 마시기도 했다. 이따금 그는 불편한지 고개를 좌우로 흔들거나 몸을 부르르 떨기도 했다. 불쾌감을 드러내려는 듯 몸을 비스듬히 옆으로 기울여 나를 밀쳐 버리려는 것 같은 몸동작을 취하기도 했는데, 그때도 그는 내 쪽이 아닌 먼 곳을 바라보는 듯했다. 공허한 눈빛으로 어딘가를 바라보는 듯했다. 나는 그의 손동작을, 몸짓을, 표정을 따라 해 보기도 하였으나, 그런 유치한 장난에 이내 흥미가 없어졌으므로 맥주를 모두 비우고 자리에서 일어났다. 우산을 챙겨 카페 밖으로 나갔다. 그는 내 쪽을 바라보고 있었다.

내게 무슨 말을 하려는 듯했다. 그는 분명히 울고 있었다. 나는 그의 절박한 시선을, 한없이 무기력하고 권태로워서 세상의 어떤 것도 감당해 낼 수 없을 것 같은 얼굴을 잠시 바라보고는 고개를 돌렸다. 다시는 이곳에 오지 않으리라 결심하면서, 조용히 빗속으로 걸어 들어갔다.

실투

그는 정말 열심히 한다. 손에 굳은살이 박혀 있더라. 하지만 지금은 본인이 급하다. 스스로 답이 나올 때까지 기다릴 생각이다. 실투가 왔을 때 타격으로 연결하지 못한다. 감이 떨어졌다는 증거다.

투수에게 실투라 불리는 것은 타자에게는 좋은 공이다. 세상의 많은 것은 상대적이고, 이쪽과 저쪽의 입장은 대체로 다르다. 좋은 공이란 세계의 입장에서는 실투다. 단단한 세계, 빈틈없는 세계가 일순간 균열을 드러낸 것이다. 숨을 쉬기 위해 거대한 몸을 열고 근육을 이완시키는 찰나의 순간이 열린 것이다. 몸이 몸을 벌리고 팔을 뻗는 순간. 삼키느냐 삼켜지느냐, 비밀에 삼켜지느냐 비밀을 들추어 찢어 버리느냐. 그것은 쓰는 자의 몫이다. 구석진 어둠 속에서 부지런히 손을 놀리고 있다. 검은 손이 부지런히 검은 그림자를 비웃고 있다.

타이피스트

어렸을 때 아빠 사무실에 자주 놀러 갔다. 좁은 사무실 구석진 곳, 검은색 타자기가 있었다. 커다란 타자기 앞에 앉는 것을 좋아했다. 경쾌한 느낌이 좋았다. 어떤 타격감이랄까. 단어 하나를, 철자 하나를 때리고 죽이는 느낌. 그러다가 백스페이스를 누르면 글자가 지워졌다. 쓰는 것보다 지우는 것이 더 신기했다. 지워진 글자 위에 희미한 윤곽이 남았다. 다른 글자로 덮고, 다시 지우고, 다시 덮고. 종이가 거의 해어질 때까지 그렇게 완성된 덩어리를 보고 있으면 검은깨처럼 알알이 박혀 있는, 거대한 시체 더미를 보고 있는 것 같았다. 휠을 시계 반대 방향으로 돌려 준다. 납작한 시체 더미가 타자기를 빠져나온다. 잉크가 번지지 않도록 입김을 후 불어 준다. 마치 고인의 명복을 빌어 주기라도 하려는 듯이. 허공에 들어 올려 가볍게 흔들어 준다. 그 이후로 스무 살도 더 나이가 먹은 아이는 여전히 시체를 만드는 일에 열중하고 있다고 한다. 시체를 만드는 일이 시체를 살리는 일이라 굳게 믿으며, 자신이 시체에 가까워지고 있다는 사실도 모른 채. 스스로 배 속에 가득한 시체를 토해 내고 있다는 것을 알지 못한 채.

그 무렵

그 무렵에는 너에 대한 꿈을 꿨다. 네가 나타나지 않는 꿈. 너에 대한 꿈을 자주 꿨다. 나는 책상에 앉아 있었다. 나는 무언가를 쓰고 있었다. 글을 쓰는 일은 감각의 재현 가능성을 생산하는 일이라고. 쓰고 있었다. 그 감각은 모든 이에게 완전히 동일하게 생산되지는 않더라도. 라고 쓰고 있었다. 마치 달고 상큼한 딸기의 맛이 개개인에게 미묘하게 다르듯이. 그러나 그 향미의 감각은 결코 완벽하게 부정될 수 없듯이. 라고 쓰고 있었다. 그때 불현듯 나는 느낀다. (꿈에서는 '불현듯'이 너무 자주 발생한다) 네가 나를 떠났고 그것을 영원히 돌이킬 수 없다는 것. 그것은 내 치명적인 실수 때문이라는 것. 그 실수는 충분히 해명되지 않지만 충분히 결정적인 것이라는 것. 불현듯 그 모든 것을 느낀다. 너의 소중함. 너의 사려 깊음. 너의 천진난만함. 너의 찬란함이 내 머릿속을. 내 눈앞을 사로잡기 시작한다. 나를 가득 메우기 시작한다.

우리는 교정을 걷고 있었다. 땅거미가 지고 있는. 늦여름 초저녁에 한적한 교정을 걷고 있었다. 언덕을 한참 오르면 공연장으로 향하는 문을 볼 수 있을 거야. 우리는 걷고 있었다. 언덕은 거대한 나무들 사이에 난 길로 이어져 있었다. 매미가 울고 있었다. 귀가 찢어질 것처럼 큰 울음소리였다. 우리는 대수롭지 않은 대화를 하며. 서로의 손등과 팔꿈치를 가볍게 쓰다듬으며. 걷고 있었다. 언덕을 한참 오르면 문을 볼 수 있을 거야. 너는 웃고 있었다. 나는 고개를 들어 나무를 올려다보았다. 매미는 보이지 않았다. 귀가 찢어질 것처럼 큰 울음소리였다. 매미는 보이지 않았다. 그렇게 한참을 걸었다. 문은 보이지 않았다. 언덕의 중턱쯤에 온 것 같았다. 매미는 들리지 않았다. 매미는 들리지도 않았다.

나는 이제 그것이 무엇이었는지 안다. 귀가 찢어질 것처럼 큰 울음소리. 상큼하고 달콤한 딸기의 과즙. 땅거미가 진 언덕길과 하얗게 빛나는 문. 문 너머에 우리를 기다리고 있는 사람들. 그것이 무엇이었는지 알고 있다. 너는 아무것도 모르는 표정으로 내 옆에서 잠을 자고 있다. 하얀 팔꿈치. 너의 매끄러운 손등을 쓰다듬는다. 너는 아무것도 모를 거야. 너는 모른다. 너는 모른다. 너는 알고 있다. 너는 꿈에서 깨야 한다. 너는 얼른 꿈에서 벗어나야해. 너는 꿈을 잊어야 한다. 꿈을 잃어야 한다. 나는 너의 목을 쓰다듬는다. 파랗게 솟아오른 너의 경동맥을 부드럽게 쓰다듬는다. 너는 두 팔을 천장으로 뻗는다. 여전히 눈을 질끈 감은 채로 너는 천천히 상체를 일으킨다.

방

복도 끝에 방이 있었다. 빛이 거의 들어오지 않는 방이었다. 온통 하얀색으로 도배된 방이었다. 그는 항상 거기 있었다. 내가 찾아갈 때마다 그는 포기하지 말 것, 삶을 제대로 바라볼 것, 유머를 잃지 않을 것, 그리고 몇 가지 덕담을 항상 빼놓지 않았다. 언제나 지치지 말고 한 발짝이 어려우면 반 발짝이라도 앞으로 내디디라고 말하는 그의 눈빛은 누구보다도 지쳐 보였다. 어느 날 복도를 걸으며 나는 복도 끝에 더 이상 그가 있지 않다는 것을 깨달았다. 굳게 닫힌 방문을 열었을 때 방은 환한 빛으로 가득했다. 시체도 남기지 않고 어딘가로 증발할 수 있는 존재에 대해 잠시 상상해 보았지만, 나는 그가 드디어 어딘가로 떠난 것이라고 결론 내렸다. 한 발짝이 어려우면 반 발짝이라도, 반 발짝이 어려우면 반의반 발짝이라도 천천히, 아주 천천히 내디디며.

나는 그 빛 한가운데에서 비로소 잠에서 깼고, 거실의 엄마는 어서 일어나 아침을 먹으라고 소리치고 있다. 꿈 속의 그곳은 분명 소름 끼치는 감옥이었다.

마지막 말

   이번이 마지막이라는 생각으로 마지막 말을 떠올린다 그것이 왜 우리의 마지막 말이었던 것인가 왜 그래야만 했던 것인가 마지막 말은 왜 당시에는 마지막 말이 되지 못했는가 마지막 말은 왜 마지막이 지난 후에 또렷해지는가 없었다가도 생겨나는 게 마지막 말이라면 우리가 처음 했던 말과 그것은 무엇이 다른가 마지막 말은 처음의 말 그리고 마지막 이전의 말 처음 다음의 말로 끊임없이 끊임없이, 마지막 말은 시작과 끝을 오가면서 거미줄처럼 말을 만든다 이야기를 만든다 비로소 이야기가 완성될 때 그제서야 마지막은 마지막으로 완성된다 말하자면 마지막은 이야기의 시작과 끝이다 그렇다면 시작은 어디에 있는가 그렇게 완성된 이야기는 어디를 향하는가 그것은 누구를 위하는가 너는 어디에 있는가 누구를 향하는가 이번이 마지막이라는 표정으로 마지막 말을 떠올린다 너는 이야기가 되었다 직전의 세계를 떠올린다 직후의 세계를 떠올린다 나는 있다가도 없다 너는 없다가도 있다 너는 어디에 있는가 너는 이야기가 되었다 마지막 말을 떠올린다

한 허무주의자의 독백,들

김정현(문학평론가)

살아 있다는 느낌은 새장에 갇혀 있어도
삶을 가능하게 한다.
그리고 이 삶의 가능성만큼 실재적인 것은 없다.
—조르조 아감벤, 「집이 불탈 때」 중에서

1. 언어의 얼굴

한 시집에 대한 글을 쓴다는 일은 생각해 보면 그리 쉽지 않은 일이다. 소위 문학평론가라는 별것 없는 타이틀에 기대어 이런저런 글들을 쓰는 게 (돈이 되지 않는) 업이 된 지금이지만 아직도 글을 쓴다는 것이 어렵고 힘들며 고통스러울 때가 많다. 특히나 이번 글이 세상에 아직 이름이 알려지지 않은 시인에 대한 것이라면 더욱 조심스러운 생각이 들 수밖에 없었다. 누구라도 그러하겠지만 어떤 글이든 늘 여러 차례 고민하고 사유하고 난 이후에야 무언가를 쓰게 될 수 있을 것이다.

시의 언어를 마주한다는 행위이자 실재적 무엇이라 부를 수 있는 이면을 들여다보기. 혹은 쓰는 자로서 해야 하는 일이자 시를 읽어 나가면서 마주쳤던 감각들을 실체화하기. 간단한 약력이 적혀진 시집의 원고 뭉치를 들여다보고 언어들을 바라보며 들었던 어떤 서늘한 느낌들을 포착한다는 것. 그 결과는 바로 시인과 내가 지금까지 서로 전혀 다른 세상을 살아왔고 살아가겠지만 또한 어떤 유사한 세계를 인식하며 느끼고 있다는 것이었다. 임후 시인의 시들을 천천히 읽어 나가면서 떠올랐던 것은 그는 결국 허무주의자구나란 생각일 수밖에 없었다. 살아 있지만 살아 있지 않은 자로서. 그것도 그 누구에게도 말할 수 없고 밝힐 수 없는 어떤 비밀을 간직한 채 존재해 왔던 인간이겠구나 싶은 것.

언젠가 아감벤이 이야기한 것처럼 인간에게 얼굴이란 가장 인간적인 것이자 동시에 존재론적인 장소일 것이다.[1] 아감벤의 말에 기대어 시의 언어에 대해서 말해 볼 수 있다. 즉 시의 언어는 그저 인쇄되어 종이 위에 즉물적으로 펼쳐져 있는 물질이 아니며 동시에 그것은 시인의 얼굴이자 하나의 존재론적 장소에 해당하는 것이라고. 요컨대 이 언어들은 나의 일상과 생활에 대한 단순한 기록이 아니다. 일견 자신의 생활을 기록한 것처럼 보이는 그의 시를 보며 이런 생각이 떠올랐던 이유는 그의 시어가 가진 어떤 이면이

---

1 조르조 아감벤, 「집이 불탈 때」, 『얼굴 없는 인간』, 박문정 역, 효형출판, 2021, p.138.

라 할 허무주의적 감각에 공명했기 때문이었다. 그를 모르지만 왠지 친근하게 느껴지고 알 수 있을 것 같다는 자각이 생겨났을 때 비로소 이 글의 첫걸음을 시작할 수 있게 된 셈이다.

그의 언어들 속에 희미하게 스며들어 있는 허무주의. 아니 사실은 그 속에 깊숙이 배어 있는 어떤 증오는 그의 시가 지닌 핵심을 구성하는 요체라 할 수 있겠다. 말하자면 그는 일견 무관심해 보이는 듯한 태도로 세계를 바라보고 있지만 그것은 단순히 세계에 대한 무관심만인 것은 아니다. 그는 무언가를 주장하거나 증명하거나 말하지 않는다. 다만 그저 세계를 증오하며 또한 '부정'하는 나를 드러낸다. 이는 세계에 대한 일종의 존재론적인 거부이자 동시에 그 부정의 너머를 향해 있는 시선이기도 하다. 요컨대 자신만의 무엇을 드러내며 증명하기. 그 시야를 통해 드러나는 세계의 이면과 그 그림자들. 이는 우리들 대부분이 보지 못하고 느끼지 못하며 또한 알려 하지 않는 영역들이기도 하다. 그러나 그의 중얼거림과 독백은 바로 그것을 느끼게 한다.

2. 일상적이며 또한 기묘한 풍경들

그의 시는 무언가 지시하거나 명확한 결론을 보여 주는 방식으로 쓰여져 있지 않다. 우리는 대개 작품이라는 것에 대해서 읽고 난 후 어떤 교훈적인 해결책을 얻어 내는 데 대해 대단히 익숙해져 있다. 그런 점에서 임후 시인의 시는 명쾌한 결론에 도달하지 않음으로써 말한다고 할 수 있겠

다. 그는 말하지 않으며 그저 보여 줄 뿐이다. 그의 일상과
생활을. 그러나 그것은 언어 속에 담겨 있는 또 다른 무엇
을 슬그머니 가리키게 된다.

그야말로 질문을 위한 질문이로군

누군가가 펜을 끄적거리며 생각했다

저 녀석은 가만 보면 말을 참 잘해 귀여워 섹시해

홍보팀 과장은 다리를 바꿔 꼬며 생각했다

멋진 질문을 하나 했으니 오늘 회의에서는 이만 조용히
하고 있어도 되겠어

딱히 대답이 궁금해서 질문한 것은 아니었거든

질문자는 어색하게 꿈틀거리는 발표자의 입꼬리를 관찰
하며 생각했다

침착해야 해 이번 계약을 따내기 위해

어쩌면 가장 중요한 순간인지도 모른다 침착해야 해

발표자가 흙빛이 된 볼을 가볍게 쓰다듬으며 생각했다

발표자가 다시 마이크를 들고 무언가 말하기 시작했을
때

세 명이 고개를 숙였고

두 명이 미소를 지었으며

두 명이 핸드폰을

한 명이 녹고 있는 얼음을

한 명이 창밖의 비둘기를 바라보고 있었다

아무 일도 일어나지 않을 것 같은 오후였지만

무언가 잡다하고 진지한 일들이 일어나려고 하는 오후였

다

마침 오후 세 시 삼십삼 분을 가리키는 시계도

그 진지한 일들 중 하나였다

—「오후」 부분

임후 시인의 시는 화려한 이미지들의 나열 같은 스타일
과 다소간 거리가 멀다. 그런 부분에서 그의 말들은 확실히
심심해 보일지도 모르겠다. 그러나 그의 시 대부분이 일상
이나 가족 혹은 연인과의 관계를 다루고 있다는 점을 굳이
실체의 시인의 반영이나 재현으로 볼 필요도 없다. 평자들
마다 판단이 다를 수도 있지만 임후 시인의 언어적 스타일
은 일종의 선택된 표현으로 이해되어야 한다. 무언가를 보
여 주면서 감추기 혹은 기묘하게 드러내는 언어로서.

「오후」는 이 측면에서 임후 시인의 시 세계를 파악하는
데 있어서 하나의 지점을 형성하고 있다. 시집에 적혀진 그
의 이력에서 파악되는 일상적 삶의 풍경이 위 시에서 드러
난다. 회사에서 계약을 따기 위해 발표를 하고 있는 '발표
자'와 "그야말로 질문을 위한 질문"을 하는 클라이언트 사
이에 시인은 있다. 그 역시 현실에서 둘 중 하나의 입장에
놓여 있었겠지만, 그 현실의 나와 다른 시인만의 시선이

「오후」 속에 존재한다는 점이 중요하다. 이는 말하자면 세계를 '관찰'하는 행위이기도 하다.

"딱히 대답이 궁금해서 질문한 것은 아니었거든"이란 클라이언트의 말처럼, 우리의 세계는 단지 무가치한 (그러나 돈을 생산할 수 있는) 일들이 그저 반복되는 곳일 뿐이다. 클라이언트의 의미 없는 질문에 답해야 하는 '발표자'. 즉 "침착해야" 하며 "어쩌면 가장 중요한 순간인지도 모른다"고 생각하는 그의 고민은 철저한 갑과 을의 관계 혹은 자본주의의 아래에서 '돈'을 벌기 위한 가장 최선의 행동이기도 하다. 무관심한 말을 늘어놓는 클라이언트를 만족시키며 계약 성사를 위해 발버둥 치는 '흙빛 표정'이 된 발표자의 모습. 그의 표정은 사실 생존하기 위해 우리 모두가 지어야 하는 얼굴의 표정과 동일할 것이다. 아무도 실질적으로 관심은 없지만, 일을 위해 해야만 하는 패턴화된 행동으로 말이다.

즉 생존을 위해 늘 지어야만 하는 웃음. 그 얼굴의 표정은 결국 세계 속에 존재하는 우리의 일상화된 패턴을 가리키는 것이기도 하다. 그러나 이 필사적인 표정 앞에서 클라이언트는 관심이 없다. "고개를 숙"이고 적당한 영업용 "미소를 지었으며" "핸드폰을" 보는 여러 사람들 사이에 시인의 시선이 슬그머니 놓여진다. "녹고 있는 얼음"과 "창밖의 비둘기를 바라보고" 있는 "한 명"으로서. 이 "아무 일도 일어나지 않을 것 같은 오후"의 비루하고 지루한 시간 속에서. "무언가 잡다하고 진지한 일들이 일어나려고 하는 오후"의 시간을 인식하는 자로서.

'아무 일도 아닌 것'과 "무언가 잡다하고 진지한 일들" 사이의 간극. 그 기묘한 시간을 인식하고 관찰하려는 자. 그의 시가 지닌 출발점이 바로 여기에 놓여 있다. 그렇다면 정말로 문제가 되는 다음의 구절, "마침 오후 세 시 삼십삼 분을 가리키는 시계도/그 진지한 일들 중 하나였다"란 표현을 우리는 어떻게 이해할 수 있을까. 재현이 아닌 표현인 것. 여기에서 우리의 익숙한 독법이자 혹은 갑과 을의 관계에 대한 비판이라는 교훈적 정답을 찾으려 하는 상식적 독해가 필요하진 않다. 그는 이를 "그 진지한 일들 중 하나"라고 능치듯 말한다. 그런 점에서 "오후 세 시 삼십삼 분을 가리키는 시계"란 그러한 점에서 구체적인 어떤 시간을 가리키는 것이라 이해되기는 어렵다.

이는 결국 언어의 표면적 의미의 너머를 향해 있다고 할 수 있지 않을까. 요컨대 이 "오후 세 시 삼십삼 분을 가리키는 시계"란 단지 "오후 세 시 삼십삼 분"이란 특정한 시간을 지칭하는 것이 아니다. 말하자면 우리에게는 무수히 많은 "오후 세 시 삼십삼 분"이 있다. 그러나 그것은 우리에게 '인식'되지 않고 사유되지 않는다. 바로 그러한 차이 자체에 대한 사유인 것. 무가치하고 무의미한 세계를 바라보며 새롭게 느끼고 사유하려는 행위. 그렇다면 그가 말하는 '잡다하지만 진지한 일 중에 하나'라는 것은 실질적으로 세계를 인식하려는 시인의 행위를 짐짓 드러낸다 할 수 있을 것이다.

그렇게 그의 시는 말하면서 말하지 않으며, 우리의 일상과 생활에 너무나도 무가치하고 몸서리쳐질 정도로 무감각한 세계의 이면을 관찰하고 들여다본다. 이러한 점에서 그는 허무주의자이며, 또한 독백하는 자가 된다. 그의 일상을 향한 시선들은 이러한 점에서 세계 속에서 언제나 예외적인 지점을 구축하려는 행위이기도 하다. 그것은 명확하게 말해지지 않음으로써 있다. 구체화되는 순간 언어의 심연 속으로 사라져 버리는 무언가를 찾기 위해 시인은 어떤 순간에 대해서 항상 생각한다.

> 하루에 책 한 권을 읽고
> 깊은 꿈을 꾸고 영화를 본 사람
> 매일같이 그렇게 살 수 있다면
> 그 사람은 갑절의 삶을 살게 될까
> 갑절의 생각을
> 갑절의 감정을 가지게 될까
>
> 머리 위에서 새가 계속 지저귀고
> 나는 미소 지으며 고개를 들어 올린다
> 새를 더 자세히 보려고
> 새에게 미소를
> 더 가까이 보이려고
>
> 입가에 축축한 무언가가 스친다
> 비릿하고 시큼한 냄새가 난다

바닥에는 온통 허연 자국들

머리 위로 나뭇잎이

나뭇가지가 지나지 않는 곳은 없고

허옇고 비릿한 것이 다시 떨어지고

비처럼 쏟아지고

버스는 눈앞에서 경적을 울리며 지나가고

좀처럼 신호등은 바뀌지 않고

나무 위에서 나무 위로 옮겨 다니며

새들은 끊임없이

끊임없이 지저귀고 있고

—「풍요로운 삶」부분

시의 제목으로 붙여진 "풍요로운 삶"이란 동시적으로 이
중적인 의미를 가지게 된다. 그의 시에 등장하는 언어들이
일상의 삶에 대한 재현이 아니듯이. 그럴듯하게 교양과 지
식의 상징인 영화와 독서를 하며 "매일같이 그렇게 살 수
있다면", 과연 그것은 풍요로운 '갑절의 삶과 생각과 감정
을' 가지며 (일반적으로 생각되는) 풍요로운 시적인 삶에
근접하게 되는 것일까. 그렇지는 않겠다. 여기에서 보여지
는 그의 '미소'는 풍요로운 '척'에 가까운 것일 따름이다. 이
런 점에서 자연에 대해서 그리고 새를 향해 '미소 짓는 나'
는 별다른 의미를 갖지 않는다. "새에게 미소를/더 가까이
보이려"는 자연에 대한 그리고 우리의 일반적인 서정에 대

한 생각들처럼.

지식과 교양과 자연에 대한 서정의 패턴화 너머에 있는 것. 요컨대 "새에게 미소를/더 가까이 보이려고" 짓는 그의 미소는 일종의 가식적이며 동시에 무의미한 표정에 근접하는 이미지일 것이다. 마치 「오후」에서 보여진 '흙빛 표정을 지으며 살기 위해 무가치한 노동을 해야만 하는 발표자'와 유사하게. 표현을 통해 일반적인 서정을 배반하기. 그렇기에 그의 이 거짓되고 풍요롭지 않은 미소에 되돌려지는 것은 '입가에 스치는 축축한 무엇'일 따름이다. 추하고 더러운 것이자 "비릿하고 시큼한 냄새"가 나는 더러우며 풍요로운 삶의 이면일 수 있는 것으로서.

이 "비릿하고 시큼한" 무엇이자 그리 아름답지 않음. "바닥에는 온통 허연 자국들"이란 말처럼 이 (도심에 산재한 조류들의) 배설물과 흔적들은 우리가 알지 못하는 자연과 서정 혹은 더 나아가 우리의 인식이 가진 이면을 드러낸다. 바로 그러한 '출현'의 순간을 시인은 보려 하는 셈이다. 풍요로워 보이지만 사실은 풍요롭지 않은 동일한 반복들을. 그때에 바로 그 시간을 인지하게 되었을 때 우리는 비로소 사유할 수 있게 된다. "허옇고 비릿한 것이 다시 떨어지"며 "비처럼 쏟아지고" "버스는 눈앞에서 경적을 울리며 지나가고/좀처럼 신호등은 바뀌지 않"는 새들이 "끊임없이/끊임없이 지저귀"는 풍경을. 풍요로워 보이지만 풍요롭지 않은. 사실 모든 것이 동일하게 반복되며 무가치한 죽음을 향해 있다는 진실. 모든 것이 삶의 풍요로움으로서 지속되지만 사실은 아무런 의미를 지닐 수 없는 빈곤하며 역설적인 이 세계를 말이다.

3. 사육사적 세계와 '없음'의 가능성

이처럼 임후 시인이 보여 주는 언어의 얼굴과 표정의 구체성은 죽음이자 더 정확히 말해 무의미하기에 동일한 반복들의 세계로부터 출발한다. 그 어떤 사소한 희망이나 즐거움 따윈 없다는 것. 그가 세계를 죽음과 무가치함으로 느낀다는 것은 결과적으로 무가치한 세계에 대한 인식과 더불어 동시에 자기 자신을 죽은 자로 인식한다는 것을 뜻한다. 아무런 의미가 존재하지 않는 세계와 나. 그렇기에 따듯함이나 소중함 같은 감정들은 그의 시에서 거의 찾아보기 힘들다. 어찌 보면 그저 삭막한 사막과도 같은, 그 어떤 생명도 없이 혼자 죽어 가는 생물이 헐떡거리며 마지막 숨을 쉬고 있는 풍경들처럼. 마치 살바도르 달리의 「기억의 지속」에 펼쳐져 있는 내면의 세계같이.

그렇다면 시인은 왜 이렇게 세계와 자신을 인식하고 있을까. 그 원인을 찾는 것은 그리 어렵지는 않을 수도 있다. 사실 그의 시에 등장하는 사람들 전부가 그를 이해하려 하지 않거나 할 수 없다는 점은 문제적인데, 이는 결국 그가 세계의 그 어떤 것에도 마음을 두지 않은 채 존재하고 있다는 것을 의미한다. 즉 '태극기 집회에 나가며, 북한 없이는 살 수 없는 아버지'와(「효자도 아니면서」, 「그리운 금강산」) '지금은 떠나 버리고 나의 마음 가장 높은 것에서 무언가를 추락시

켜 버린 애인'(『에릭 클랩튼』), 그리고 '아들을 이해할 수 없기에 자신의 눈에 비친 냉장고에 머리를 박고 있는 괴이한 아들을 보게 되는 어머니'(『우리 아들에게 무슨 일이 일어난 것일까』) 들이 그의 시에서 제시되고 있다는 점은 이 측면에서 유의미하다.

그 어떤 이로부터도 이해받을 수 없는 '나'라는 존재에 대한 인식. 이를 좀 더 확장해 질문해 보자면 이렇다. 그에게 아무런 의미를 갖지 못하는 것이 우리의 현실과 일상이라면, 그는 왜 그러한 세계를 감각하고 인식하며 또한 증오하고 부정하는가. 그는 왜 자신과 세계를 죽은 것으로 인식하며 자신까지 포함하여 모든 것을 무가치하다고 느끼고 있는가. 혹은 이 부정의 너머에는 무엇이 드러나게 되는가. 요컨대 그가 자기 자신을 '죽은 자'로 인식한다는 것이 결국 무엇을 의미하는가. 어떤 점에서 그의 시는 이러한 질문에 대한 나름대로의 대답들로 이루어져 있다고 해도 과언은 아닐 것 같다.

개를 키우는 일이 개를 죽이는 일이라면. 개에게 먹이를 주는 길이 독을 먹이는 길이라면. 그런 사육에서. 그런 살육에서 벗어날 수 없는 사람이. 헤어날 수 없는 사람이 있다면. 그는 손에 피를 묻히지 않기 위해. 그는 손에 개를 묻히지 않는다. 아무것도 묻히지 않은 손으로 개를 묻으러 간다. 혼자 빈손으로 걸어간다. 빈손으로 걸어가 빈손으로 돌아오는 길. 비가 내린다. 비에서는 항상 흙냄새가 나고 흙은 어디에서 오는지 아무도 모르지. 아무것도 묻지 않은 손에서 물이 뚝뚝 떨어진다. 비린내가 난다. 이마 위로 흘러내리는 머리를 쓸어 넘긴다. 고개를 들어 문을 두드린다. 두드리고 두드리고 두드린다. 굳게 닫힌 철문 너머. 개 짖는 소리가 들린다.

—「사육사」 전문

약간 뜬금없는 질문처럼 들릴지도 모르겠지만 왜 이 시집의 제목은 '사육'이 아닌 '사육사'일까. 그와 더불어 시집의 표제 시인 「사육사」에서 보여지는 이미지들은 도대체 무엇을 알레고리화하고 있는 것일까. 알레고리의 본뜻이 언어의 유사성에 기대지 않고 낯선 이미지들을 병치시켜 새로운 도약을 이끌어 내는 방법론에 있는 것처럼, 일견 개를 키운다는 일에 대한 서술처럼 보일 '사육사'가 뜻하는 바는 도대체 무엇인 것일까. 당연하겠지만 이는 실제로 동물을 기른다는 것과는 전혀 무관하다. 이는 그의 다른 시인 「개버거」에서 말해진 '정말이지 사랑스러운 부모를 잃은 개들'을 통해서 비로소 이해될 성질의 것이기도 하다.

요컨대 '키우는 일이 죽이는 일'이라는 것. 동시에 "먹이를 주는 길이 독을 먹이는 길"이라는 말의 알레고리적 함의란 개이자 시인이 저 무의미한 세계로부터 '사육'당해 왔던 근원적 양상을 가리키는 것이 된다. '사육'이자 '살육'인 것에서 벗어나며 헤어날 수 없다는 점. 무가치한 세계이자 '사육사'의 존재는 '개'이자 '나'를 키우면서 동시에 죽일 뿐이다. 어떤 의미나 질문도 허용하지 않은 채. 즉 '사육사'이자 '세계' 그 자체는 '나'이자 '개'의 대척점에서 "손에 피를 묻히지 않기 위해" "개를 묻히지 않는" 존재로 보여진다. 요컨대 깨끗하고 깔끔한 세계의 방식이자 이면을 보지 않는 시스템으로서.

이러한 사육 외에 다른 방법을 알지 못하는 우리들. 이 의미 없는 일상의 표백된 세계 속에 던져진 우리들은 개이자 시인의 얼굴을 보지 못하거나 혹은 생각조차 하지 않는다. "아무것도 묻히지 않은 손으로 개를 묻으러" 가는 세계이자 사육사에게 "혼자 빈손으로 걸어"가고 "빈손으로 걸어가 빈손으로 돌아오는 길"이란 결국 '나'이자 '개'의 존재를 그저 지워 버리는 것에 가깝기에. 이 보이지 않으며 잡히지 않는 '개'의 존재는 그저 '비린내'와 '물'이란 감각의 영역에서만 배제된 자의 언어로써만 자신을 드러내게 될 뿐이다. "아무것도 묻지 않은 손에서 물이 뚝뚝 떨어"지듯이 "비에서는 항상 흙냄새가 나고 흙은 어디에서 오는지 아무도 모"른다는 것처럼.

이 '알 수 없음'처럼 희미한 흔적들이자 감각의 층위로만 드러나게 될 어떤 존재론적인 영역. 시인의 언어가 지닌 얼굴과 그 표정. '사육'하는 세계 자체를 끊임없이 바라보며 어떤 희망이 있다는 무가치한 바람을 버리는 것. 요컨대 벤야민의 말처럼 '오직 희망 없는 자들에게 주어져 있는 유일한 희망'을 희망 없이 꿈꾸려는 행위.(그는 「찍혔다」란 시에서 페르난두 페소아의 "이것은 모두 꿈이며 신기루다"란 말을 인용한다.) 그렇다면 이 "흠뻑 젖은"(「물에 젖었다」) 나에게 세계란 '철문' 앞에서 그저 문을 "두드리고 두드리고 두드"리고 있는 것이 되지 않을까. "개 짖는 소리"처럼 의미를 알 수 없는 그러나 존재해야만 하는 무언가와 함께. 그저 단순히 끊임없이 그리고 계속되도록. 이것이 바로 그가 시라는 형식을 선택했던 원천적 이유라 할 수 있을 것이다.

결국 그의 언어는 말하자면 알아들을 수 없는 개의 목소리이자 얼굴이며 표정이 된다. 우리가 이해할 수 없었으며 이해하려 하지 않으려 했던 세계의 이면으로서. 그러나 동시에 가장 핵심적인 문제가 되는 것은 이 사육사로서의 세계와 개이자 나의 존재는 명확하게 구분되어 있지 않다는 것일지도 모른다. "그런 살육에서 벗어날 수 없는 사람"이자 "헤어날 수 없는 사람"이 되어 버린 그가 곧 나라는 점. 사육당한 자이자 스스로를 사육하며 표백되고 무표정한 세계와 더 이상 구분되지 않을 정도가 되어 버린 나의 존재. 이것은 개이자 시인의 또 다른 이면이기도 하다. 그것이 시와 시집의 제목이 가리키는 '사육'이 아닌 '사육사'로서의 의미가 아닐까. 개이자 이상적인 자아와 이를 결코 허용하지 않으며 인식할 수조차 없는 그이자 현실의 나로서.

이 감금과 교육의 방식이 바로 세계 자체이자 우리 모두가 벗어날 수 없는 영역이기도 하다. 단지 사육의 세계가 아닌 세계와 시스템 그 자체인 사육사인 것. 그리고 그 사육사의 세계로부터 벗어날 수 없고 동화되어 버린 나. 이런 점에서 세계는 견고하고 또한 완고하며 결코 바뀌지 않을 것이다.

　시속 백십 킬로라고 했어요 사람들이 도망가죠 눈으로
파도를 봤어요 눈에 파도가 담겼는데 어떻게 도망갈 수 있
겠어요 우사인 볼트가 백 미터 구 초라고 치지요 우사인 볼
트도 파도를 봤다면 살 수가 없어요 치타 정도라면 간신히
살 수 있겠지요 여기 계신 분들 이런 거 처음 봤겠지요 사
람이 떠내려가는 장면이니까요 장관이지요 얼마나 장관이
에요 산 사람들은 평안할까요 산 사람들이 더 고통스럽겠지
요 사는 게 사는 것이 아니지요 강사는 쉬지 않고 말했다 뒷
좌석에 앉은 민방위 대원 둘이 소곤거렸다 저런 사람 처음
봐 숨도 안 쉬고 말을 하잖아 어제 술도 한잔한 얼굴인데 미
친 것 같아 사람들이 웃었다 나도 웃었다 우스울 것도 없는
데 웃었다 필사적으로 사람들이 달리고 있었다 파도가 화면
가장자리까지 덮치고 있었다 그는 말하고 있었다 쉬지 않고
입을 놀리면서 우리 쪽으로 다가오고 있었다 그의 뒤로 검
은 파도가 덮치는 것이 보였다 노란 점퍼가 펄럭이고 있었
다 그가 손을 내저었다 사람들이 쉬지 않고 웃고 있었다

　　　　　　　　　　　　　　　　　　　　─「민방위」 부분

　시의 제목이 일러 주는 것처럼 이 시의 소재가 민방위 교
육 중에 경험했던 일을 바탕으로 삼고 있다는 점은 명확해
보인다. 그러나 문제는 역시 재현이 아닌 표현에 있다. 재
난에 대한 대피 행동을 교육하고 있는 민방위 강사의 말들

을 거의 그대로 재현하는 것이 시인의 목적일 리는 없겠다. 그렇다면 무엇이 문제가 되는 것일까. 핵심은 이 시가 '미친' 세계와 우리들에 대한 음울한 알레고리적 판화이자 표현이라는 점이다.

즉 "시속 백십 킬로"로 다가오는 쓰나미 앞에서 '백 미터를 구 초에 뛸 수 있는 우사인 볼트'조차 결코 살아남지 못한다는 것. "눈에 파도가 담겼는데 어떻게 도망갈 수 있겠어요"라는 '노란 조끼'를 입은 강사의 언술은 이 관점에 의해 언어의 지시적 의미를 벗어날 수 있게 된다. "미친 것 같아"라는 다른 민방위 대원들의 중얼거림은 이 강사의 언술을 그 재현적 층위와 다르게 마치 진실을 말하는 미친 광인의 말처럼 들리게 한다. 요컨대 "사람들이 웃었다 나도 웃었다 우스울 것도 없는데 웃었다"라는 말의 진정한 함의. "산 사람들은 평안할까요 산 사람들이 더 고통스럽겠지요"라는 말이 날카롭게 찌르는 것. 시인은 그저 보여 줌으로써 말한다. 우리 모두는 '사육사'가 된 채 사실상 '미쳐' 있다고. 인간에게 타인의 고통과 슬픔과 그 개별적인 죽음은 그저 화면의 한 장면이자 가벼운 것으로만 인식된다는 것을.

"그의 뒤로 검은 파도가 덮치는 것이 보였다 노란 점퍼가 펄럭이"는 것처럼, 무가치한 세계는 우리를 끊임없이 사육하며 살기 위해 그저 "필사적으로 사람들이 달리"게 만든다. 어떤 의미나 목적도 그리고 가치도 없이. 우리는 그 속에서 '평안히' 살아가지 못하며 "산 사람들이 더 고통"스러운 파국 속에 내던져져 있다. '미친 듯이 웃고 있는' 우리를 덮치는 '검은 파도의 물결' 아래에서도. '쉬지 않고 미친 듯이 웃고 있는' 우리는 이 파국이란 세계의 본질적 형상을 알지 못하고 있을 뿐이다. 그렇다면 이 음울한 알레고리적 판화가 가리키는 것은 결국 세계의 무의미성에 대한 진실이 아닐까. 저 검은 파도의 물결 하에서 사실 우리 모두는 이미 그리고 영원토록 죽임을 당하며 그저 죽어 나갈 뿐이라는 점. 단지 "풍경이 현상에 앞"서는 것처럼(「자세」).

그의 말처럼 우리는 아무것도 할 수 없는 채 그저 살기 위해 필사적으로 뛰고 있을 뿐이다. 마치 "자신감으로, 텅 비어 있"는 인간으로(「전부는 없다」). 그리고 현실의 나로서 있는 한에서이자 사육사와 구분되지 않는 나의 존재로서는. 이러한 맥락을 파악했을 때에 비로소 그의 시에 빈번하게 등장하는 '죽은 나'와의 마주침이나(「공원 산책」) 대화들이(「밥풀」) 주의 깊게 살펴질 수 있다. 알 수 없는 나와의 마주침과 대화인 것. '연극적인 표정으로 한동안 나를 바라보는 죽은 사람'이 우스워 미친 듯이 '가게가 떠나갈 듯이 웃고 있는 나'의 모습은 사실상 자신을 '죽음의 위치'에 놓는 시인의 인식을 통해 가능해지는 것이기도 하다.

따라서 죽은 사람인 '그'가 "천천히 고개를 들며 너는 누구냐고" 묻는 초현실적인 풍경은 뒤바뀌어진 삶과 죽음의 영역이자 동시에 '나'의 일상과 삶을 더 나아가 '나'의 존재 그 자체를 '부정'할 수 있는 자에게 가능한 '사건'일 수 있다(「밥풀」). 그것은 보이지만 인식되지 않는 영역에 속해 있기에. 마치 "창밖에서 모르는 사람이 손을 흔들며 지나"가는 것처럼(「전송」). 마치 "알 수 있는 일이지만 아무것도 알 수 없는 일들이 있"어야만 하는 것처럼(「빛」). 이를 위해서 시인은 "혼동"한다. "자신이 서 있는지, 앉아 있는지, 걷고 있는지"를 "종종"(「건망증」). 그리고 들려준다. "궁금하지도 않은 사람에게 궁금하지도 않은 이야기를 들려주는 이야기"를, "다 똑같은데 길고 긴 이야기를 만"들어 가며(「오늘의 작업은 종료되었다」).

어떤 풀에 대한 생각을 했다. 없던 풀에 대한 생각을 했다. 살갗에 뿌리를 내릴 수 있는 풀에 대해. 두피에도, 옆구리에도, 심지어 성기에도 뿌리를 내리는 풀에 대해. 온몸을 풀로 뒤덮어 버릴 수 있는 풀에 대해. (그렇다면 그를 사람이라고 부를까 풀이라고 부를까?) 그런 풀은 어딘가에 있을 것이다. 살이 흙보다 못한 것이 없기 때문이다. 까맣고 노르스름한 먼짓덩어리보다 못한 것이 없기 때문이다. 살은 부드럽고 촉촉하고 따스하고…… 말하자면 흙보다 많은 수분을 머금고 있고 흙보다 많은 영양분을 머금고 있고, 끊임없이 영양분이 보충되고 영양분은 끊임없이 어딘가에서 어딘가로 흐르고. 말이 나왔기에 망정이지 살이 흙보다 못한 것이 없기 때문이다. 황인종의 살갗에 뿌리를 내릴 수 없는 풀이라면 백인종이나 흑인종도 있기 때문이다. 백토와 황토, 적토에 각각 생육에 적합한 풀이 있듯이, 풀이 살아가기에 적합할 가능성이 있는 여러 선택지가 존재하기 때문이다. 육지가 아니라면 바다에, 바다가 아니라면 상공에, 상공이 아니라면 지하에, 이를테면 맨틀에. 맨틀이 아니라면 외핵에, 외핵이 아니라면 내핵에, 그런 풀이 존재할 수 있는 것이다. 내핵에 사람이 살 수 없다면 내핵에 살 수 있는 어류에, 내핵에 살 수 있는 어류가 아니라면 내핵에 살 수 있는 파충류에, 파충류도 아니라면 파충류도 아닌 어떤 것의 살갗에 뿌리를 내릴 수 있는 풀이 존재할 수 있는 것이다. (그렇다면 그것을 동물이라고 부를까 식물이라고 부를까?) 그런 풀이 존재할 수 있는 것이다. 그럴 가능성을 외면하면 안 되는 것이다. 그런 풀에 대해 생각했다. 풀로 뒤덮인 것에 대해 생각했다. 온통 풀로 뒤덮인 세상에 대해 생각했다. 풀이 자라고 있다. 풀은 자라고 있다. 지금도 어딘가에서 자라고 있다. 무럭무럭 자라고 있다. 그것을 풀이라고 부르는 일이 과연 옳은 일일까? 나도 모르는 그것을 풀도 모른다.

—「풀」 전문

사육사로서의 나이자 세계를 부정할 수 있는 사건인 것. 그러나 명백한 대답의 형태로 주어질 수는 없는 "가능성"인 것이 여기에 있다. 우리는 이 시에서 이야기되는 "없던 풀"의 존재를 어떻게 사유할 수 있을까. 그의 질문처럼 '사육'된 육체인 인간의 "온몸을 풀로 뒤덮어 버릴 수 있는 풀에 대해. (그렇다면 그를 사람이라고 부를까 풀이라고 부를까?)"라고 물어보자. 이는 규정될 수 없음. 더 정확히 말하자면 '나도 모르며 풀도 모르는' 알 수 없는 무언가로 우리에게 그저 제시될 뿐이다.

"살이 흙보다 못한 것이 없기"에 "없던 풀"은 살에 뿌리를 내릴 수 있으며, 사육사로서의 인간을 덮어 버릴 수 있게 될 수 있다는 것. 이런 점에서 시인이 원하는 인간의 형상은 인간이 아닌 존재가 될 가능성을 얻게 된다. 그의 '끊임없이 짖어대는 개'들처럼. 즉 "끊임없이 영양분이 보충되고 영양분은 끊임없이 어딘가에서 어딘가로 흐르"는 것처럼. 인간이 아닌 "없는 풀"이자 '어떤 가능성의 존재'로서 사육되는 우리 모두의 지루하고 무의미한 삶을 다르게 변형시킬 멈추지 않는 사유의 운동인 것. '백인종과 황인종과 흑인종'이란 인간의 상식적인 구분을 넘어선 것이자, 이 지상의 삶이 아닌 '상공이자 바다'이자 '맨틀과 내핵과 외핵'의 그 어딘가도 아니며, '어류이자 파충류'도 아닌. 이 모든 명명을 거부하는 어떤 비규정적 언어의 장소에 있어야만 하는 "없는 풀". 이런 점에서 시인은 끊임없이 언어의 재현을 분할하고 분할하는 서늘한 분열증적 목소리로 중얼거릴 뿐이다.

그렇기에 "그렇다면 그것을 동물이라고 부를까 식물이라고 부를까?"라는 질문에 대한 대답은 동물과 식물이라는 이분법적 범주 하의 대답이 될 수 없다. 핵심은 "그런 풀이 존재할 수 있는 것"이며, "그럴 가능성을 외면하면 안 되는 것"에 이르는 사유의 과정 그 자체에 있기에. 하여 시인은 이를 다음처럼 말한다. "그런 풀에 대해 생각했다. 풀로 뒤덮인 것에 대해 생각했다. 온통 풀로 뒤덮인 세상에 대해 생각했다."고. 이 지속되는 사유를 통해서 얻어질 수 있는 사육사가 아닌 나의 존재론적 가능성이 희미하게 움터 온다. 이 "없는 풀"은 시인의 언어로부터 출발해 '지금도 어디선가 무럭무럭 자랄' 것이며 이 무가치한 '세계를 온통 풀로 덮게 될' 것이다. 오직 '나도 모르고 풀도 모르는' 형태로서만 존재할 수 있는 가능성으로서. "옳은 일"이 아닌, 잘못되고 그르며, 사육사로서의 세계이자 이 모든 무가치함과 의미 없음을 증오하고 다른 어떤 무언가를 현전케 하기를 욕망하는 진정한 인간의 형상을 지닌 채.

4. '시체 더미'인 자의 표정엔

그에게 시인이란 존재는 결국 언어라는 "거대한 시체 더미"를 다루는 자로서의 자신을 자각하는 것에서부터 출발하고 있다고 해야 한다(「타이피스트」). 그것은 어떤 전능한 자로서 언어에 대한 절대적인 지배력을 스스로 행사하며, 자신에게 확고하다고 믿(어지)는 세계를 들이미는 행위와는 거리가 멀다. 그는 말하자면 언어라는 시체 더미 위에 놓여 있는 자로서 무능한 시인인 자신을 인식한다.

쓰는 것보다 지우는 것이 더 신기했다. 지워진 글자 위에 희미한 윤곽이 남았다. 다른 글자로 덮고, 다시 지우고, 다시 덮고. 종이가 거의 해어질 때까지 그렇게 완성된 덩어리를 보고 있으면 검은깨처럼 알알이 박혀 있는, 거대한 시체 더미를 보고 있는 것 같았다. 휠을 시계 반대 방향으로 돌려준다. 납작한 시체 더미가 타자기를 빠져나온다. 잉크가 번

지지 않도록 입김을 후 불어 준다. 마치 고인의 명복을 빌어
주기라도 하려는 듯이. 허공에 들어 올려 가볍게 흔들어 준
다. 그 이후로 스무 살도 더 나이가 먹은 아이는 여전히 시
체를 만드는 일에 열중하고 있다고 한다. 시체를 만드는 일
이 시체를 살리는 일이라 굳게 믿으며, 자신이 시체에 가까
워지고 있다는 사실도 모른 채. 스스로 배 속에 가득한 시체
를 토해 내고 있다는 것을 알지 못한 채.

—「타이피스트」 부분

그의 다른 시에서 언급된 "절박한 시선"이자 "한없이 무
기력하고 권태로워서 세상의 어떤 것도 감당해 낼 수 없을
것 같은 얼굴"의 이면적 표정이 여기에 있지 않을까(「불편한
사람」). 이는 사육된 자이자 사육사로서의 현실적 나와는 다
른 기묘한 언어에 포섭되어 있는 나의 영역에 속한 것이기
도 하다. 재현된 '쓰기보다는' 알레고리적으로 "지우는 것"
을 추구하기. 임후 시인은 언어의 재현과 표현 이면에 "검
은깨처럼 알알이 박혀 있는, 거대한 시체 더미"를 인식하고
사유하는 행위를 그저 유지하려 한다. 그러니 문제는 이것
이 늘 항상 성공하지 않는다는 점에 있을 것이다.

그의 말처럼 이 "스무 살도 더 나이가 먹은 아이는 여전
히 시체를 만드는 일에 열중하고 있다고 한다." 열중하고
있다는 확증이 아닌 "열중하고 있다고 한다"고 말하는 거
리감의 층위. 시인으로서 그는 자신의 행위 그 자체를 아무
것도 아닌 것으로 인식하며 자신의 무능함으로써만 출발할

수 있다고 믿는다. 그의 말처럼 시인은 "시체를 만드는 일이 시체를 살리는 일이라 굳게 믿"지만, 그럼에도 "자신이 시체에 가까워지고 있다는 사실"을 자각하는 것이기도 하기에. 언어에 대한 근원적인 무능력. 그런 점에서 이 시는 자신의 무능함을 고백하는 것처럼 보이기도 한다.

그러나 우리가 진정으로 시적 언어라 불러야 하는 것은 전능함이 아닌 이러한 무능함으로부터 비로소 오게 된다고 할 수 있지 않을까. '오직 희망 없는 자들에게 주어질 수 있는 유일한 가능성'인 것처럼. 이런 점에서 "스스로 배 속에 가득한 시체를 토해 내고 있다는 것"은 자신의 무능함에 대한 고백임과 동시에 다른 가능성 또한 지닐 수 있게 된다. 즉 "자신이 시체에 가까워지고 있다는 사실"이란 자신의 죽음과 사육된 자신의 무가치한 시체를 토해 내며, 그가 이 무능함으로써만 도달할 수 있는 어떤 가능성이자 "없던 풀"을 포기하지 않았다는 진실을 가리키고 있는 것이 아닐까. 말하지 않음으로 겨우 희미하게 들리는 시인의 이 내밀한 목소리는 사육사로서의 세계를 넘어 존재하는 무언가를 결코 포기하지 않을 것이라는 뜻으로도 읽힐 수 있게 되는 것이다.

"집요한 열대야가/언제까지 지속될지 알 수 없다"란 그의 말처럼(『열대야』) 세계이자 '사육사'들은 결코 끝나지 않으며 끊임없이 반복될 것이다. 영원토록. 시대와 이념과 명시적 가치들과 무관하게. 이런 점에서 본다면 우리는 스스로를 알지 못한 채 표백된 세계에 그저 던져진 자들이자 결국 배제된 자들일 뿐이다. 시인이 증오하는 자로서 존재하는 이유이자 자기 자신을 스스로도 믿지 않는 것은 바로 이 때문이다. 그러나 이 세계에 속한 나를 넘어선 또 다른 나이자 다른 무언가로서의 나라는 어떤 가능성을 위해 시인은 쓴다. 그는 자신의 분노와 증오로부터 스스로를 구원하기 위해 쓴다. 오직 쓴다는 것만이 "알지 못한 채" 오게 될 구원을 끊임없이 기다리는 나를 형성하는 행위일 수 있기에.

재현된 의미와 표면을 넘어서서 진정한 언어로 존재하기. 화장터의 풍경이자 인간의 죽음으로 태어난 가루에 대해 "가루는 개의치 않고/가루로서의 본분을 다한다/애초에 사람의 육체로서는/달성할 수 없었던 목표를 위해/이 순간을 기다려 왔다는 듯 가루는/할 수 있는 모든 것을 다한다"고 중얼거리는 이 허무주의자의 목소리는 결국 우리에게 존재에 대한 사유를 끊임없이 요청한다(「가루」). 시인은 지금에서도 그리고 앞으로도 자신의 무능함을 통해서만이 "단단한 세계, 빈틈없는 세계가 일순간 균열을 드러"내는 그 시간과 장소를, 그리하여 "쓰는 자의 몫"으로 놓여진 이 알 수 없는 가능성을 놓지 않을 것이다(「실투」). 끊임없이 '이야기가 된 너의 마지막 말을 떠올리며' 오직 불가능함으로써만 가능할 시체 더미인 자의 희미한 표정을 통해서. 그 "이야기의 시작과 끝"이 이러할 따름이다(「마지막 말」).